www.tredition.de

AF198444

Toda gran falta es un acto de egoísmo.

Concepción Areal (1820-1893)

(Jeder große Fehler ist ein Akt des Egoismus)

Suca Elles

Makuahine

www.tredition.de

© 2013 Suca Elles

Umschlaggestaltung, Illustration: Suca Elles

Verlag: tredition GmbH, Hamburg

ISBN: 978-3-8495-6848-1

Printed in Germany

Inhaltsverzeichnis

Prolog

(1951)

Die junge Frau hatte die drei kleinen Mädchen auf die Bank gesetzt und war gegangen. Jedoch nur bis zum Waldrand. Dort stand sie hinter einem Baum und beobachtete, wie die Kinder einschliefen. Sie nahm den mit einem Schlafmittel versetzten Zucker aus ihrem Beutel und schüttete ihn auf den Waldweg. Die leere Flasche, in der sie die Milch transportiert hatte, behielt sie. Dann wandte sie sich um und ging mit schnellen Schritten tiefer in den Wald hinein.

Kapitel 1

Der Pfarrer, ein wohlbeleibter älterer Mann, trat neben die junge Frau, die am Grab stand und fragte:

„Kennen Sie die Verstorbene?"

Die junge Frau antwortete ohne aufzusehen: „Sie war meine Tante."

Der Pfarrer blickte erstaunt: „Ach, ich wusste gar nicht, dass sie noch Verwandte hatte. Mir sagte sie, sie sei ganz allein auf der Welt." Dann besann er sich und sagte: „Es tut mir leid."

Die junge Frau nickte: „Schon gut. Sie war meine letzte Hoffnung. Nun weiß ich nicht mehr, wohin ich gehen soll." Sie sagte dies mit tonloser Stimme, die zu müde schien, um noch verzweifelt zu klingen.

Der Pfarrer musterte die junge Frau. Sie war sehr dünn, hatte blonde Haare und trug ein zerknittertes Kleid, auf dem sich ein paar Flecken befanden. Strümpfe hatte sie nicht an. Ihre Schuhe waren alt und abgetragen. In der Hand trug sie ein Bündel und eine Baumwolltasche. Ihr Gesicht war blass, jedoch nicht von jener krankhaften Blässe, die von Blutarmut oder chronischer Unterernährung herrührte. Es war eine mehr oberflächliche Blässe, wie nach Strapazen oder Schlafmangel.

„Wie heißen Sie, mein Kind?"

Sie deutete auf den Grabstein, auf dem „Berta Grote, geb. Speiermann" stand. „Speiermann" sagte sie, „Rosemarie Speiermann. Tante Berta war die Schwester meines Vaters. Die beiden waren zerstritten. Mein Vater fand ihren Ehemann unpassend."

„Ja" sagte der Pfarrer „Alfons Grote war ein Metzger, grob und ungeschlacht. Berta hatte es zu seinen Lebzeiten nicht leicht. Und danach" fügte er hinzu „auch nicht."

Die junge Frau, die sich Rosemarie Speiermann nannte, nickte nur.

„Woher kommen Sie?" fragte der Pfarrer weiter.

„Aus Franken. Meine Eltern sind bei einem Bombenangriff in Nürnberg im Jahr 44 ums Leben gekommen. Danach habe ich bei einer Schwester meiner Mutter in Weierhof bei Fürth gewohnt. Die ist vor ein paar Wochen ganz plötzlich gestorben. Blutvergiftung hat der Arzt gesagt. Ich musste aus dem Häuschen, das zu einem landwirtschaftlichen Betrieb gehört, ausziehen. Die Besitzer benötigen es für das neue Schaffnerehepaar."

„Schaffner?" fragte der Pfarrer.

„Das ist ein Ausdruck für Knechte oder Mägde, die auf einem Hof arbeiten."

„Ach so" sagte der Pfarrer nur. „Und was geschah dann?"

„Ich bin hierhergekommen, um meine Tante Berta zu suchen, in der Hoffnung, ich könne bei ihr unterkommen." Ein Schulterzucken. „Aber die ist ja auch verstorben."

„Was werden Sie jetzt tun?" fragte der Pfarrer. Wieder ein Schulterzucken.

„Kommen Sie mit" sagte er bestimmt. „Wir werden einmal sehen, ob wir für Ihr Problem eine Lösung finden."

Als sie an der kleinen Kirche ankamen sagte der Pfarrer: „Treten Sie ein und warten Sie hier auf mich, es dauert nicht lange."

Damit verschwand er aus ihrem Gesichtsfeld.

Sie ließ sich müde auf eine der Bänke sinken. „Gar nicht schlecht", dachte sie. „Vielleicht gibt es etwas zu essen und ein Bad." Sie fühlte sich schmutzig und dachte an die große gusseiserne Badewanne in ihrem Elternhaus, in der sie als Kind gebadet wurde. Sie hatte in einem Raum mit schwarz-weißem Boden gestanden und die Füße der Wanne waren Löwenköpfe gewesen. Mein Gott, wie lange war das her? Ihre Kinderfrau, Frieda, hatte immer gesungen, während sie sie gewaschen und anschließend trocken gerubbelt hatte. Und dann rieb Frieda immer etwas in ihre Haare, damit das Auskämmen nicht ziepte. Das hatte nach frischem Gras gerochen.

Als eine Hand sie an der Schulter berührte, zuckte sie zusammen. Sie war eingenickt. Der Pfarrer stand vor ihr und sagte: „Kommen Sie mit mir, mein Kind, jetzt gibt es erst einmal eine heiße Suppe und dann ein Bad. Danach sehen wir weiter."

In der Küche werkelte eine dickliche ältere Frau.

„Haben wir noch Suppe von heute Mittag" fragte der Pfarrer. Widerwillig nickte sie und beäugte Rosemarie mit Misstrauen. Dann schob sie einen Topf in die Mitte des Herdes, rührte ein paar Mal darin herum und füllte zwei große Kellen in einen Teller. Sie stellte den Teller mit Suppe nicht eben freundlich auf den Tisch. Rosemarie war das egal. Die Suppe war voller Gemüse und auch einige Speckstücke schwammen darin herum. Dazu gab es ein kräftiges Brot. Rosemarie aß beides heißhungrig und schob, als sie fertig war, den Teller mit einem wohligen Seufzen zurück.

Die Haushälterin, vom Pfarrer Lina genannt, sah Rosemarie auffordernd an. So stand sie auf und nahm den Teller und den Löffel und stellte beides auf das Brett neben einem Steinbecken. Sie suchte nach einem Lappen aber Lina ergriff ihren Arm und sagte:

„Es wird Zeit, dass Sie sich ordentlich waschen. Im Keller ist ein Zuber, auf dem Herd ist der Wasserkessel. Wasser gibt's draußen an der Pumpe." Mit diesen Worten ging sie voraus in den Keller, der offenbar auch als Waschkeller diente. Sie zeigte Rosemarie die Gerätschaften, steckte das Holz im Ofen in Brand, legte ein paar Kohlen nach und warf Rosemarie wieder einen misstrauischen Blick zu.

„Sie sind also die Nichte von Berta?" Es war mehr eine Feststellung denn eine Frage.

Rosemarie nickte.

„Ich habe Sie hier aber noch nie gesehen" fuhr Lina fort und Rosemarie beeilte sich zu erklären, dass sie auch noch nie hier gewesen sei, ja ihre Tante zu Lebzeiten nicht gekannt habe.

Lina verließ den Raum und kam kurze Zeit später mit einem fadenscheinigen Handtuch und einem Stück Seife zurück. Sie legte beides neben den Zuber und verschwand wortlos.

Nachdem Makuahine, die sich jetzt Rosemarie nannte, sich und ihre Kleidung gewaschen hatte, Letztere zum Trocknen über den Herd gehängt und die Kleider, die sie in ihrem Bündel getragen hatte, angezogen hatte, reinigte sie die Wanne, hängte das Handtuch ebenfalls zum Trocknen über den Herd und ging zurück zur Küche, wo der Pfarrer vor einer Tasse Malzkaffee saß. Er schenkte auch ihre eine Tasse ein und fragte: „Was werden Sie jetzt tun, nachdem sie hier keine Angehörigen mehr haben?"

„Ich werde versuchen, eine Arbeit zu finden." Der Pfarrer nickte. „An welche Art Arbeit haben Sie denn gedacht?" fragte er, und Rosemarie sagte:

„Ich nehme alles, was ich bekommen kann."

„Haben Sie denn in irgendeinem Beruf praktische Erfahrung sammeln können?"

Sie schüttelte den Kopf.

„Ich mache Ihnen Ungelegenheiten, das tut mir leid, aber wäre es vielleicht möglich, dass ich heute Nacht hier bleibe. Morgen früh mache ich mich dann auf den Weg."

Der Pfarrer nickte, was ihm einen missbilligenden Blick von Lina eintrug. „Es gibt hier einen Verschlag, in dem steht ein Bett mit einem Strohsack. Wenn Sie damit vorlieb nehmen, können Sie über Nacht bleiben." Rosemarie nickte stumm.

Später lag Rosemarie auf ihrem Strohsack, angetan mit ihrer alten Hose und einem Kittel. Sie war so müde, dass sie sofort einschlief.

Als sie erwachte, war es noch stockdunkel. Sie versuchte noch einmal einzuschlafen, aber es gelang ihr nicht. Die Gedanken in ihrem Kopf jagten einander, und so lag sie wach, starrte in die Dunkelheit und überlegte, welches ihre nächsten Schritte sein würden.

Das mit der „Tante" hatte Gott sei Dank geklappt. Sie hatte gezielt nach einer Kirche Ausschau gehalten und war dabei auf den Friedhof gestoßen. Auf dem einfachen Holzkreuz hatte sie die Angaben gefunden, die sie brauchte, und das Grab selbst war unscheinbar und ungepflegt, was vermuten ließ, dass hier keine Angehörigen der Verstorbenen wohnen. Also hatte sie sich ihre kleine Geschichte zurecht gelegt. In ein paar Stunden wäre sie wieder unterwegs und dann konnte es ihr gleich sein, ob man hinter ihren Schwindel kam oder nicht.

Aber wohin sollte sie von hier aus gehen? Wie sollte sie an Geld kommen? Und sie brauchte

Papiere. Vielleicht wäre der Pfarrer auch hier behilflich. Versuchen konnte sie es immerhin. Hatte sie erst einmal Papiere, konnte sie sich eine Arbeit suchen. Irgendeine. Sie war nicht wählerisch. Und sie brauchte ein Dach über dem Kopf. Und dazu brauchte sie Geld. Sie seufzte. Wenn alle Stricke reißen, dachte sie, kann ich immer noch nach Hause gehen. Aber der Gedanke war nicht verlockend. Nein, das würde sie wirklich nur als allerletzte Möglichkeit in Erwägung ziehen. Sie wollte frei sein, ein neues Leben beginnen. Jetzt war sie schon so weit gegangen, ein Zurück durfte es jetzt nicht mehr geben.

Ihre Gedanken schweiften ab. Sie sah sich als kleines Mädchen mit anderen Kindern, die alle braune Haut, schwarze Haare und schräge Augen hatten, auf dem Dorfplatz spielen oder im flachen Wasser, das warm und salzig war, plantschen. Sie sah sich mit ihrem Vater und den Trägern durch den Wald, den man hier Dschungel nannte, gehen und nach bestimmten Pflanzen Ausschau halten. Das war eine glückliche Zeit gewesen.

Ihr Vater arbeitete als Botaniker für eine holländische Firma. Nur ein paar Jahre nach Abschluss seines Studiums war er nach Sumatra geschickt worden. Mit anderen Forschern arbeitete er zunächst an einer Ertragssteigerung für Kautschuk in der Hauptstadt, später ging er dann in den Süden, um dort eine eigene Versuchsreihe aufzubauen. Er war schon fast ein

Jahr auf der Insel, als er zum ersten Mal Magdalena erblickte. Sie war die einzige Tochter der Missionarsfamilie, die am Rande von Palembang in einer Missionsstation lebte und versuchte, den Eingeborenen den christlichen Glauben nahe zu bringen. Er war von ihrem Anblick entzückt, was nicht verwundert, denn die Auswahl an jungen heiratsfähigen Europäerinnen war eher beschränkt. Ein gutes Jahr später heirateten sie, und fast auf den Tag genau neun Monate später kam Rosemarie, die auf den Namen Heidrun von Lemberg getauft wurde, zur Welt.

Bevor sie zur Schule gehen musste, kehrte die Familie nach Deutschland zurück und siedelte sich im Geburtsort ihres Vaters, in Augsburg, an. Und von da an war alles anders. Sie musste jetzt immer darauf achten, schicklich angezogen zu sein. Das Wetter war ihr verhasst, ebenso die ungewohnten Strümpfe, Schuhe, Jacken, Mäntel und Handschuhe. Außerdem spielte sich das Leben mehr im Haus als draußen ab. Ihr Vater arbeitete wieder in einer Firma, ging morgens aus dem Haus und kam abends manchmal sehr spät nach Hause. Die Mutter, auf Sumatra von getauften Mädchen, die sich um Haus, Küche und Wäsche kümmerten, verwöhnt, musste nun diese Arbeit selbst verrichten. Lediglich eine Kinderfrau, die sie, die kleine Wilde im Zaum halten musste, konnten sich die Eltern leisten. Die kleine Heidrun bekam oft Schelte. Alles, was sie bisher geliebt hatte, war ihr verboten. Sie reagierte auf diese Verbote mit Verstocktheit. Auch die Eltern, die sich bisher gut verstanden hatten, zankten sich jetzt des Öfteren. Gründe gab es genug. Vom nicht ausreichenden Gehalt des Vaters bis zu den vielen Stunden, die er von zu Hause abwesend war. Heidrun sehnte sich nach Sumatra zurück. Sie hasste alles und jeden mit Ausnahme ihres Vaters und Friedas, die ihr näher stand als ihre Mutter.

Rosemarie stellte fest, dass die Nacht der Morgendämmerung zu weichen begann und begab sich in die Waschküche, um ihre Kleider zu holen. Schnell zog sie sich an, schüttelte den Strohsack auf, packte ihre Sachen wieder zu einem Bündel zusammen und trat in die Küche. Lina stand am Herd und setzte einen Kessel mit Wasser für den Morgenkaffee auf.

„Ich gehe jetzt" sagte Rosemarie. „Haben Sie vielen Dank dafür, dass ich hier bleiben durfte. Gott segne Sie" setzte sie noch hinzu und wandte sich zur Tür.

„Nun bleiben sie halt, in Gottes Namen, und nehmen das Morgenmahl mit uns. So viel Zeit werden Sie doch sicher haben" entgegnete Lina ein wenig mürrisch.

„Wenn es nicht zu viele Umstände macht" sagte Rosemarie leise und begann Teller und Tassen auf den Tisch zu stellen.

Der Pfarrer begrüßte sie mit einem warmen Lächeln, als er die Küche betrat, und erkundigte sich, ob sie gut geschlafen habe. Sie nickte und biss herzhaft in die dicke Scheibe Brot, die mit Schweineschmalz bestrichen war.

„In der Stadt gibt es ein paar Fabriken" sagte der Pfarrer und riss sie aus ihren Gedanken, „und dann haben wir noch die Zechen, aber die beschäftigen keine Frauen" schloss er. „Fahren sie einfach in die Nordstadt und fragen sie dort nach" schloss er lahm.

Sie bedankte sich noch einmal, verabschiedete sich und wandte sich zum Gehen. Er trat mit ihr hinaus auf den Kirchplatz und drückte ihr zum Abschied eine Münze in die Hand. „Für den Fahrschein" sagte er, bevor er sich umwandte und zurück ins Haus ging.

Kapitel 2

Der Bus hielt zum wiederholten Male. Sie hatte aufgehört, die Haltestellen zu zählen. Direkt neben der Haltestelle befand sich ein großes Werkstor und auf der anderen Seite der Straße sah sie das Schild einer Gaststätte. „Pütt-Eck" stand in verblichenen Buchstaben darauf. Spontan stand sie auf und verließ den Omnibus. Sie sah sich nach allen Seiten um. Ansprechend war die Gegend nicht, soviel stand fest. Das Tor war der Eingang zum Zechengelände, wie sie jetzt feststellte, und die langen Mauern auf beiden Seiten grenzten das Gelände ein. Am hinteren Ende der Mauer erkannte sie einen Kiosk, sonst war diese Seite der Straße kahl.

Gegenüber, neben der Gaststätte, befanden sich ein Tante-Emma-Laden, eine Wäscherei, ein Schuster und eine Reparaturwerkstatt für Kleinkrafträder, Fahrräder, Radios und anderes. Sie überquerte die Straße und betrat die Gaststätte. Es waren kaum Gäste da, und hinter der Theke stand ein kräftiger Mann in mittleren Jahren und trocknete Gläser mit einem nicht ganz sauberen Handtuch.

Der Raum war verraucht aber warm, und aus der Küche drang Essensgeruch, der ihr das Wasser im Munde zusammenlaufen ließ.

Beherzt trat sie zur Theke und sagte:

„Ich suche Arbeit."

Der Wirt musterte sie und fragte zurück:

„Wat für Arbeit suchse denn?"

Sie zuckte mit den Schultern. „Alles, was nicht gegen das Gesetz verstößt."

Einer der Gäste, die am Tisch nahe der Theke saßen, hob den Kopf und sagte:

„Sei man bloß vorsichtig, watte sachs. Der Kuno is ein schlimmer Finger." Das gutmütige Lachen, das er hinterherschickte, nahm seinen Worten die Bedrohung.

Kuno ging nicht auf das Geplänkel ein. Er zog die Stirn in Falten und sagte:

„Setz dich hin und warte, ich bin gleich wieder da." Dann verschwand er durch die Tür seitlich der Theke, die, den Geräuschen und Gerüchen nach zu urteilen, in die Küche führte.

Während sie wartete, entspann sich in der Küche ein kurzer Wortwechsel zwischen Kuno und seiner Frau Berta. Schließlich einigten sie sich darauf, dass man eine Hilfe für die Wäsche, zum Putzen der Kneipe und zum Bedienen gut gebrauchen könnte. Berta wollte weiterhin ihre Kinder selbst versorgen und das Kochen wie bisher übernehmen. Wenn sie die zusätzlichen Arbeiten künftig nicht mehr würde verrichten müssen, könnte sie außer Buletten auch noch Mettbrötchen, Suppe oder einen strammen Max anbieten. Das würde das Geschäft beleben.

Als Kuno wieder den Gastraum betrat nickte er.

„Hab Arbeit für dich" sagte er, „wie heißte und wo wohnste denn?"

19

Sie schüttelte den Kopf: „Bisher noch nirgendwo. Bin gerade erst angekommen, und ich hei-ße"....Sie zögerte kurz bevor sie sagte „Angelika."

„Angelika und wie weiter?"

„Ostrowski".

Kuno verkniff sich die Frage nach dem Woher, dazu war später noch Zeit.

„Auf dem Söller gibt's nen Raum, da kannste schlafen. Musst nur auf dem Dachboden bißken Ordnung schaffen und neue Leinen für die Wä-sche aufhängen, weil eigentlich ist das, wo de schlafen kannst, unser Trockenraum gewesen."

Die Küchentür öffnete sich und Berta sah durch die Tür. Sie stellte eine Platte mit Buletten auf die Anrichte und winkte Makuahine, die jetzt Angelika hieß zu, ihr zu folgen. In der Küche wies sie auf eine Bank, stellte einen Teller mit 2 Buletten und einem Kanten Brot auf den Tisch, dazu eine Tasse mit Malzkaffee und sagte:

„Iss und trink erst einmal, du siehst aus, als könntest du es brauchen."

Angelika nahm das Angebot dankbar an, wäh-rend Berta sie nach ihrer Herkunft ausfragte. Angelika hatte lange nachgedacht, welche Ge-schichte sie zu der ihren machen sollte, und so erzählte sie jetzt, dass sie ein Flüchtlingskind aus dem Osten sei, bei einer alten Verwandten in Bayern bis zu deren Tod untergekommen war und hier im Ruhrgebiet vergeblich nach weiteren

Verwandten gesucht habe. Nun sei sie heimatlos und allein und müsse dringend eine Arbeit und eine Unterkunft haben.

Ein wenig misstrauisch fragte Berta: „Du wirst doch nicht etwa gesucht?"

Angelika sah sie verständnislos an.

„Vonne Polizei mein ich" ergänzte Berta und Angelika beeilte sich zu verneinen.

Berta deutete auf das Bündel an ihrer Seite: „Is dat allet, watte has?" Ein Nicken war die Antwort.

Sie räumte das Geschirr vom Tisch ab und begann es abzuspülen, aber Berta wehrte ab. „Du mach man oben fertig und wennse dat has, kannse mitte Wäsche anfangen."

Damit waren die Mittagspause und die Fragestunde zu Ende.

Später am Nachmittag kam ein kleiner dicker Mann und nagelte an dem alten Bett so lange herum, bis es die Drahtlauflage und den Strohsack trug und ging dann wortlos wieder. Berta brachte Bettzeug, das schon bessere Tage gesehen hatte, aber Angelika war das egal. Sie hatte erst einmal einen Platz, wo sie unterkommen und eine Arbeitsstelle, wo sie Geld verdienen konnte.

Zwei Tage später, sie wusch gerade wie jeden Tag die Wäsche, brachte Berta ihr ein paar Kleidungsstücke. „Die sin vonne Johanna" sagte sie „hier direkt ausse Nachbarschaft. Is im Wochenbett zusammen mit dat Kind gestorben. Musse verleich wat abnähen, aber sin noch gut, die Brocken."

Spät am Abend, wenn Angelika die Kneipe geputzt hatte, suchte sie ihre Dachkammer auf und überlegte, wie sie an gültige Papiere kommen konnte. So lange sie hier war, fragte niemand mehr. Aber sie war sich sicher, dass sie hier nicht ewig bleiben wollte. Vielleicht bis zum Frühjahr. Man würde sehen.

Nachdem Angelika etwa 4 Wochen bei Kuno und Berta gewaschen und geputzt hatte, zeigte ihr Kuno, wie man Bier zapfte und erklärte ihr, was die einzelnen Bestellungen bedeuteten. Die Kunden waren ausschließlich Männer, die „auffe Zeche am malochen sind", wie er ihr erklärte, und die Wünsche waren einfach: Bier, Schnaps, Mettbrötchen oder eines der 5 Gerichte, die auf der neuerdings vorhandenen Speisekarte standen. Manchmal kamen die Kumpels auch bevor sie einfuhren und frühstückten mit Malzkaffee und Spiegeleiern auf Brot.

Kuno vergewisserte sich, dass Angelika alles richtig machte und sagte ihr, sie solle sich ihre Arbeit so einteilen, dass sie nach Schichtende um 2 Uhr nachmittags und um 10 Uhr abends jeweils in der Kneipe mithelfen könne. Es wurde angeschrieben und die Rechnung an den Zahltagen beglichen.

Angelika mochte diese Arbeit. Die Männer waren rau aber ehrlich. Sie verschwendeten keine Zeit mit falschen Komplimenten und hatten für ein gut gezapftes Bier höchstens ein anerkennendes Nicken. Manche sprachen von ihren Familien und andere erzählten ihr von der Arbeit vor Kohle, wenn mal nicht allzu viel zu tun war. Sie hörte zu, nickte, lächelte, aber enthielt sich jeden Kommentars. Für die Männer war die Arbeit ihr Leben, und die Kneipe war für viele der Unverheirateten ein Zuhause . Die Atmosphäre war fast familiär zu nennen, und Angelika bemerkte nach einiger Zeit, dass auch sie dazu gehörte. Fehlte sie zu den üblichen Zeiten im Schankraum, wurde nach ihr gefragt. So verging der Winter. Die Tage wurden länger, die Temperaturen nicht mehr ganz so eisig wie in den letzten Wochen. Sie hatte abends immer mehrere Steine, die sie auf der Herdplatte oder im Backofen angewärmt hatte, in ein altes Handtuch gewickelt und mit in ihr Bett genommen. Bald würde dies nicht mehr nötig sein, so hoffte sie. Wegen ihrer schadhaften Schuhe war sie schon seit Wochen nicht mehr nach draußen gegangen, vom Gang zum Abfallhaufen einmal abgesehen. Kuno hatte gefragt, ob sie ihre freie Zeit nicht zu Besuchen oder Besorgungen verwenden wolle, aber sie hatte mit Hinweis auf ihr Schuhwerk abgelehnt. Außerdem benötigte sie nichts. Sie bekam ihr Essen im Haus, am Waschzuber lag Seife und zu Weihnachten hatte sie von Berta Shampoo und ein paar gebrauchte Lockenwickler bekommen, so dass sie ihre Haare pflegen konnte. Außerdem hatte Berta ihr Nähzeug besorgt, mit dem sie nach und nach Johannas Garderobe für sich geändert hatte. Leider war kein warmer Mantel dabei gewesen, ein weiterer Grund für Angelika, das Haus nicht zu verlassen.

An den Zahltagen standen häufig die Ehefrauen mit oder ohne Kinder am Werkstor und erwarteten ihre Männer. Sie nahmen die Lohntüten in Empfang und kamen auf ein Bier mit in die Kneipe. Dann gingen sie mit dem Großteil des Lohns nach Hause und überließen die Männer ihrem Skat- oder Doppelkopfspiel. Es gab darunter auch einige, die ihre Frauen beschimpften, wenn sie am Tor standen, die nicht willens waren, ihren Lohn abzugeben. Auch seien einige von den Männern ihren Frauen gegenüber schon handgreiflich geworden, erfuhr Angelika von Berta. Bei den anderen Kumpeln waren diese Männer aber nicht gut gelitten. Ein paar Runden Skat zu spielen, ein paar Bier zu trinken, dazu den einen oder anderen Schnaps, war eine Sache, die Familie nicht ausreichend zu versorgen, Frau und Kinder zu schlagen, eine andere. Einmal, als sich zwei verschwägerte Kumpel an der Theke trafen, von denen der eine zur Gewalttätigkeit neigte, und nachdem ein verbaler Austausch von Unfreundlichkeiten stattgefunden hatte, gingen die beiden vor die Tür und prügelten aufeinander ein. Der Schläger hatte schon ein paar Schnäpse auf, was seine Gewaltbereitschaft zwar erhöhte, seiner Reaktion aber nicht zuträglich war. Schließlich landete sein Kontrahent einen Treffer auf den Punkt. Der Schläger ging zu Boden. Als er wieder aufstehen konnte, sagte sein Schwager: „Wenn meine Schwester noch einmal mit blauen Augen rumläuft, schlag ich dich tot, merk dir das." Danach gingen beide wieder in die Kneipe, setzten sich so weit wie möglich auseinander und tranken noch ein Bier, bevor sie nach Hause gingen.

Kapitel 3

Es war kurz nach Ostern im Jahr 1953. Die Tage waren jetzt schon wärmer und wilde Krokusse blühten in den Vorgärten der Siedlung. Lex, ein junger Mann, der über Tage auf der Zeche arbeitete, hatte es sich zur Gewohnheit gemacht, jeden Freitag ins "Pütt-Eck" zu kommen. An diesem Freitag stellte er sich nicht wie sonst an die Theke, sondern setzte sich an einen Tisch. Als Angelika ihm sein Bier und die übliche Bulette brachte sagte er: „Wenn du mal einen Augenblick Zeit hast, würde ich gern mit dir reden." Sie nickte und wies zur Theke.

„Wird aber noch eine Stunde dauern, bis die ersten Kumpels gehen."

Lex nickte und vertiefte sich in die Zeitung, die er mitgebracht hatte.

Es dauerte fast zwei Stunden, bis ein wenig Ruhe einkehrte. Angelika nahm eine Zigarette und ein kleines Glas Bier und setzte sich zu Lex.

„Also, was willst du mir sagen?" fragte sie. Er sah sie an und sagte dann ein wenig unbeholfen:

„Ja weißt du, ich arbeite manchmal auch in einer Kneipe – eigentlich keine Kneipe, mehr eine Bar. Dort ist es gemütlicher als hier, und die Gäste sind auch aus einer anderen Schicht. Keine Arbeiter, mehr die Sorte, die im weißen Hemd arbeiten geht. Und ich habe gehört, dass die eine Thekenbedienung suchen. Vielleicht

26

solltest du mal vorbeischauen. Ich finde, der Laden dort würde besser zu dir passen als die Malocher-Kneipe hier. Und der Verdienst ist allemal besser. Kommst du?"

„Ich fühl mich hier ganz wohl" entgegnete Angelika. „Und ich habe hier mein Zimmer." Nach einer Weile fragte sie: „Wo ist denn diese Bar?"

„Innenstadt" antwortete Alex knapp. „Und wohnen könntest du erst mal bei meiner Cousine. Die hat 3 Zimmer. Für sie allein zu teuer. Ihre Freundin hat nen Typen und wohnt jetzt bei dem. Nicht offiziell, aber das Zimmer steht leer und Miete bezahlt sie auch nicht mehr. Also, was meinst du? Biste interessiert?"

„Ansehen kann ich es mir ja mal."

„Gut, dann fahren wir am Dienstag zusammen dorthin. Abgemacht?" Er streckte ihr die Hand entgegen und sie schlug ein. Dann ging sie zurück zur Theke und bediente weiter.

Sie überlegte. Wahrscheinlich würde sie in einer Bar andere Garderobe benötigen. Das kostete Geld. Aber andererseits wäre es auch schön, wieder einmal mit anderen Menschen zusammen zu kommen. Die Männer hier waren ehrliche, schwer arbeitende Menschen, deren Leben sich zwischen Pütt, Kneipe, Familie und dem Taubenzüchterverein abspielte. Sie waren einfach gestrickt, hatten kaum kulturelle Interessen und eine echte Unterhaltung, wie sie sie aus ihrem Elternhaus kannte, war nicht möglich. Als sie einmal erzählte, dass sie gerne bei einer

Laienbühne mitmachen würde, hatten die meisten nur gegrinst. Einer sagte, dass er als Kind mal eine Aufführung in einer Dorfgaststätte gesehen hätte, ein Kinderstück, an dessen Namen er sich nicht mehr erinnern konnte. Das Lustigste wäre gewesen, dass einer Frau immer die Perücke vom Kopf gerutscht sei. Daraufhin hatte sie das Thema nicht mehr berührt.

Kuno hatte gemeint, für so was hätten die Leute weder Zeit noch Geld. Und von seiner Warte aus betrachtet hatte er natürlich Recht. Na, sie würde ja sehen, ob diese Bar das Richtige für sie war.

Am Dienstag war es dann soweit. Sie hatte, da das Wetter freundlicher geworden war, ihren besten Rock und eine weiße Bluse angezogen. Dazu die Perlonstrümpfe ohne Laufmaschen und die Sommerschuhe. Ihre alte Strickjacke, die sie unterwegs übergezogen hatte, zog sie vor der Tür aus und nahm sie über den Arm. Lex klopfte. Ein kleines Fester in der Eingangstür wurde geöffnet und das Gesicht eines Mannes erschien. Als er Lex sah, sagte er: „Ach du bist es! Du hast doch heute gar keine Schicht."

„Ne, hab ich nicht, aber ich hab jemand, der vielleicht die Theke machen könnte, Jochen weiß Bescheid."

Ohne weiteren Kommentar öffnete der Mann, der Lex von der Statur her zum Verwechseln ähnlich sah, die Tür. „Kommt rein" sagte er, dann schloss er die Tür und ging vor den beiden her in den mit einem dicken Vorhang abgetrennten Raum.

Angelika staunte. Hier sah es wirklich anders aus als in ihrer Kneipe. Selbst im schummrigen Licht konnte sie noch erkennen, dass der Boden und die Theke blitzsauber waren. Um diese Zeit saßen erst wenige Besucher an den kleinen Tischen in der Bar. Im hinteren Bereich, auf einer kleinen Bühne, tanzten ein paar Mädchen in spärlichen Kostümen zur Musik.

Ein Mann kam auf sie zu, den Lex als Jochen begrüßte.

„Hier bringe ich dir Angelika, von der ich dir erzählt habe" sagte er und Jochen musterte sie kritisch, bevor er ihr die Hand reichte.

„Jochen Hollmann" sagte er. Angelika nannte ihren Namen und fügte ein „sehr erfreut" an, das Jochen mit einem Kopfnicken zur Kenntnis nahm. „Gehen wir in mein Büro" sagte er. Er führte Lex und sie an der Theke vorbei zu einer Tür, die er aufschloss. Das Büro war klein aber ordentlich und ebenfalls pieksauber. „Nehmt Platz" forderte er die beiden auf. „Wollt ihr etwas trinken?" Lex antwortete: „'n Bier wäre nicht schlecht". Jochen öffnete die Tür und rief die Bestellung zur Theke durch, worauf kurze Zeit später ein Mann mit zwei Gläsern Bier in der Hand den Raum betrat. Er stellte die Gläser ab und verschwand wortlos wieder.

„So" sagte Jochen „dann wollen wir mal. Du arbeitest jetzt im Pütt-Eck." Es war keine Frage, sondern eine Feststellung. „Hier läuft das Geschäft anders. Wir legen Wert auf gute Umgangsformen, freundliche und zuvorkommende Bedienung und natürlich ein ansprechendes Äußeres. Unsere Kunden sind zahlungsfähiger – wenn auch nicht unbedingt zahlungsfreudiger."

Er lachte ein kleines Lachen, das deutlich machen sollte, dass es sich um einen Scherz handelte. „Wann könntest du anfangen?" fragte er übergangslos.

Angelika sagte: „Ich habe keinen festen Vertrag. Mein Arbeitsverhältnis wurde per Handschlag besiegelt. Aber ich kann Kuno nicht von heute auf morgen hängen lassen. Er hat ja sonst niemand."

„Diese Einstellung gefällt mir" sagte Jochen. „Ihr geht jetzt nach vorne und Lex erklärt dir, worauf es ankommt, schau einfach genau hin. Ich komme dann später noch einmal zu euch." Mit diesen Worten entließ er sie und die beiden nahmen ihre Gläser und setzten sich an die Theke.

Obwohl Angelika müde war, beobachtete sie genau, wie der Mann hinter der Theke die Bestellungen entgegennahm, Bons über eine alte Registrierkasse ausdruckte und Gläser und Flaschen auf Tabletts stellte, die von einer jungen Frau im engen roten Kleid abgeholt und zu den Tischen gebracht wurden. Bier gab es nur in Verbindung mit einem Schnaps. Sekt wurde in

Flaschen verkauft, nicht in Gläsern, und darüber hinaus gab es noch verschiedene hochprozentige Getränke, die Angelika nicht kannte. Beifall brandete plötzlich auf und Angelika sah, dass die Frau, die auf der Bühne getanzt hatte, ihren Büstenhalter abgelegt, ihre Blöße aber mit einem Fächer aus Federn bedeckt hatte. Nun erst bemerkte sie, dass kaum Frauen in der Bar anwesend waren. Lediglich an zwei Tischen saßen Paare, die restlichen Tische waren nur von Männern besetzt.

Plötzlich stand eine Frau in mittleren Jahren hinter ihr. Sie war noch immer sehr attraktiv und das seidige Kleid, das sie trug, betonte ihre schlanke Gestalt. Dazu hatte sie Schuhe mit hohen Absätzen an, in denen Füße in hauchdünnen Seidenstrümpfen steckten.

„Sie sind Angelika, nicht wahr?" fragte sie. „Ich bin Sigrun Hollmann. Kommen Sie mit mir. Lex wird hier auf Sie warten." Ohne sich davon zu überzeugen, ob Angelika ihr folgte, ging sie durch das Lokal und erklomm im hinteren Bereich eine Treppe, die Angelika vorher nicht bemerkt hatte. Sie erreichten die obere Etage und Sigrun Hollmann öffnete eine Tür, die in ein großes, sehr schön eingerichtetes Zimmer führte.

„Setzen Sie sich" sagte sie „wir werden jetzt gemeinsam überlegen, wie wir Ihr Äußeres so herrichten, dass es in unseren Betrieb passt." Sie fasste in Angelikas Haare. „Die schneiden wir ab und färben sie schwarz. Das gibt einen schönen Kontrast zu ihren blauen Augen." Sie musterte

Angelikas Figur und Beine und sagte dann: „Leider sind Sie nicht mit allzu viel Oberweite gesegnet, was bedeutet, dass Kleider mit Dekolleté Ihnen nicht stehen. Daher schlage ich vor, dass Sie enge Hosen und dazu freche Pullis tragen, mit Halstüchern oder Schals. Die Französische Linie, wenn Sie verstehen. Und dazu dann hochhackige Schuhe stelle ich mir sehr gefällig vor. Welche Schuhgröße haben Sie?"

„Achtunddreißig" stotterte Angelika.

„Gut", sagte Frau Hollmann „das wäre dann geklärt. Den Rest besprechen Sie mit meinem Mann, denke ich."

Als Angelika mit Lex nach Mitternacht das Lokal verließ, drehte sich in ihrem Kopf alles. Sie wollte erst einmal eine Nacht darüber schlafen. Aber weit gefehlt. Lex zog sie mit sich und sagte: „Mechthild hat mir den Schlüssel zu ihrer Wohnung gegeben. Wir sehen uns jetzt das Zimmer an."

Nach einem 10-minütigen Fußmarsch kamen sie zu dem Haus, in dem seine Cousine wohnte. Es sah aus wie die meisten Häuser: Die Fassade war dunkel, die Fenster klein, die Haustür war verschrammt. Im Treppenhaus jedoch hatte jemand die Spuren des Alters mit Farbe unsichtbar gemacht, und auf den Stufen lag ein zwar fadenscheiniger, jedoch sauberer Teppich. Lex schloss im Hochparterre eine Tür auf, und Angelika fand sich in einem Flur wieder, von dem vier Türen abgingen. Er öffnete die Tür zu Linken und zeigte ihr voller Stolz das Badezimmer, das

neben einer alten Badewanne auch einen Heiß-
wasserboiler von utopischen Ausmaßen hatte.
„Fließend heißes Wasser" verkündete er stolz.
Dann ging es zur nächsten Tür, die in die Küche
führte. Alles war ordentlich und sauber. Die letzte Tür, die er öffnete führte in ein Zimmer, dessen Fenster zum Hof ging. Das Zimmer war bis
auf ein Bettgestell mit einer durchgelegenen
Matratze und einen Schrank leer, aber es war
fast doppelt so groß wie die Kammer, die sie
zurzeit bewohnte. Lex schubste sie leicht von
hinten in das Zimmer hinein und Richtung Bett,
aber sie drehte sich geschmeidig an ihm vorbei
und betrat wieder den Flur.

„Toll" war alles, was sie herausbrachte. Dann
fragte sie mit bangem Blick: „Und was soll das
kosten?"

„140 Mark, Strom wird geteilt." Sie schluckte.
„Das ist eine Menge Geld."

„Stimmt, aber dafür verdienst du ja auch viel
mehr als jetzt."

„Gib mir Zeit bis Sonntag", bat sie „ich kann
kaum noch denken."

„Freitag" sagte er. „Keinen Tag länger!"

Sie nickte. Dann verließen sie die Wohnung.
Draußen fragte Lex: „Krieg ich einen Kuss? Ich
meine, ich hätte mir einen verdient."

Sie entwand sich ihm und sagte: „Freitag."

Dann lief sie zurück, bis sie die Haltestelle erreichte.

Kapitel 4

Als Angelika mit der Mitteilung herausrückte, sie wolle sich verändern, gab es einen mittleren Tumult. Berta zeterte und schimpfte wie ein Rohrspatz, sprach von Undankbarkeit und dass auf die jungen Leute kein Verlass mehr sei, und auch Kuno betonte, wie froh sie gewesen sei, bei ihnen unterzukommen, und jetzt wolle sei einfach alles hinschmeißen und so fort. Das Geschrei war bis in den Schankraum hinein zu hören, und nach einer Weile wurde die Tür geöffnet und Helmer stand im Türrahmen. In seiner bedächtigen Art, von der er hoffte, das Stottern würde nicht so auffallen, sagte er:

„Nnnu macht ma halblang. Zzzzapf mal ne Runde und dann reden wir in Rrruhe wwweiter." Damit wandte er sich um und ging zurück an die Theke. Kuno folgte ihm und auch Angelika, die keinesfalls mit der immer noch vor sich hin schimpfenden Berta in der Küche allein bleiben wollte, schloss sich ihnen an.

Als das Bier vor ihnen stand, ermunterte Helmer sie:

„Erzzzzähl mal, was jetzt lllos is!"

Angelika berichtete, dass sie einen Job in der Innenstadt haben könne, bei dem sie besser verdienen würde. Davon, dass sie der Kontakt zu einer anderen Gesellschaftsschicht reizte, erwähnte sie nichts. Sie wollte Helmer und auch Kuno nicht verletzen. Stattdessen sagte sie, sie könne vielleicht tagsüber eine Ausbildung zur

Stenotypistin machen, um irgendwann in einem Büro zu arbeiten.

Helmer nickte bedächtig. Das mit dem Büro gefiel ihm offenbar. Von der Bar in der Innenstadt schien er weniger zu halten, denn er sagte:

„Kkkann ja sein, dat se bbbesser löhnen, aber bisse dir im Kkkklaren, datte da auch noch wat anderet als Bier zapfen muss?"

Angelika sah ihn fragend an. „Was meinst du damit?"

„Nnna, datte mitte Kerle inne Kkkkiste muss!"

Angelika schüttelte entschieden den Kopf. „Ne, Helmer, das ist eine ganz normale Bar, mit kleinen Tischen und einer Bühne und sonst nichts."

„Ddddein Wort in Gottes Gggggehörgang!" entgegnete Helmer.

Zwischenzeitlich war die Theke umlagert von den üblichen Bergleuten. Alfons schob sich nach vorn. Er machte Kuno ein Zeichen.

„Hör ma, wenn de jemand brauchst, der für ihr einspringt, könnt ich ja unser Lore mal fragen." Lore war die Tochter seiner verwitweten Schwester, ein dralles, gutartiges Mädchen, nicht besonders helle aber freundlich. Sie, ihre Mutter und ihr jüngerer Bruder hielten sich mit Gelegenheitsarbeiten über Wasser.

Kuno brummte etwas Unverständliches. Dann sagte er nach einer Weile:

„Schick sie mir vorbei, dann sehen wir, ob es klappt."

Alfons nickte. „Geht klar" sagte er und wandte sich seinem Bier zu.

Am Freitag kam Lex zur gewohnten abendlichen Stunde und sah Angelika auffordernd an.

„Na, hast du dich entschieden?" fragte er.

„Ich hab mit Kuno und Berta gesprochen. Das geht klar. Sie haben ab Montag Ersatz für mich. Aber sag mal, hier wird davon geredet, dass die Mädchen in der Pony-Bar mehr machen als nur bedienen und an den Tischen sitzen. Das mach ich nicht mit, das sag ich dir gleich."

Lex fixierte sie: „Gerede" sagte er mit einer wegwerfenden Handbewegung. Ich habe Jochen gesagt, du seist mein Mädchen. Da wird es keiner wagen, dich anzufassen, sei sicher."

Als er sich anschickte zu gehen, rief er ihr zu: „Morgen um Elf hol ich dich ab. Sieh zu, dass du deine Sachen gepackt hast." Damit verschwand er.

Weit nach Mitternacht, nach dem üblichen Aufräumen und Saubermachen, lag Angelika im Bett und konnte nicht schlafen, obwohl sie hundemüde war. Etwas machte ihr Sorgen. Sie hatte immer noch keine Papiere. Das war das vordringlichste Problem. Und dann war sie sich nicht sicher, ob an dem „Gerede", wie Lex es genannt hatte, nicht doch etwas Wahres war. Ihre Gedanken schweiften in die Vergangenheit.

Sie hatte noch im Krieg ihr Notabitur gemacht, den Traum vom Studium musste sie allerdings begraben. Biologie hatte sie studieren wollen. Wie ihr Vater wollte sie sich der Botanik widmen, aber in den ersten Monaten des Jahres 45 dachte niemand ans Studieren. Dann kam der Mai 45, das Kriegsende. Ihr Elternhaus, das den Krieg nahezu unbeschadet überstanden hatte, lag in der amerikanischen Besatzungszone. Nach den ersten angstvollen Wochen, als man noch nicht wissen konnte, ob die „Befreier" vielleicht auch nur Böses im Schilde führten, entspannte sich die Situation ein wenig. Da das Elternhaus, ein stattliches Gebäude, von den Amerikanern requiriert worden war, schickten ihre Eltern sie nach Dietfurt zu Verwandten. Und dort traf sie ihn: Warrior. Er war ein einfacher Soldat, blutjung und gerade einmal so groß wie sie. Aber er war freundlich, gab ihr Schokolade oder Lebensmittel, die er von seinen Rationen abzwackte. Sie fasste Vertrauen zu ihm, er erinnerte sie an die Freunde aus Kindertagen. Sie trafen sich heimlich, verständigten sich so gut es ging und lachten viel. Er fand sie wunderschön und sie hatte fast so etwas wie mütterliche Gefühle für ihn. Außer ein paar unbeholfenen Küssen, die sie die Schrecken, die Angst und die Entbehrungen des vergangenen Krieges vergessen ließen, war nichts zwischen ihnen. Warrior hatte sie gefragt, ob sie schon einmal mit einem Mann zusammen gewesen sei, und sie hatte diese Frage – auch im Hinblick auf ihre Jugend – vehement verneint. Danach war das Thema nicht mehr zur Sprache gekommen.

Dann geschah es, dass ihre Verwandten sie einmal sahen, wie sie sich mit ihm unterhielt, und dafür war sie vom Onkel sogar geschlagen worden. Er sagte ihr, man wolle keine „Ami-Hure" im Haus haben, und ihr Einwand, dass sie sich doch nur unterhalten habe, und der junge Soldat außerdem Hawaiianer sei, trugen ihr noch eine Ohrfeige ein. In diesem Moment veränderte sich etwas in ihr. Sie war voller Wut und Hass auf den Onkel. Gleichzeitig dachte sie auch an ihr Elternhaus, in dem Moral eine täglich benutzte Vokabel war. Ihre Mutter teilte die Menschen in schickliche und unschickliche ein, und oft kam es ihr vor, als habe die Missionierung - seit sie in Deutschland waren – einen neuen Höhepunkt erreicht. Was durfte sie alles nicht im Vergleich zu ihren Mitschülerinnen. Es war manchmal mehr als peinlich, vor allem, wenn ihre Mutter im Beisein ihrer Freundinnen über ihre Moralvorstellungen referierte. Sie hatte es so satt. Und jetzt auch noch der Onkel! Da beschloss sie, sich ab sofort die Zwänge und die Bevormundung nicht mehr gefallen zu lassen. Sie würde ihr Leben selbst in die Hand nehmen. Als Warrior ihr ein paar Wochen später mit Tränen in den Augen sagte, dass er bald nach Hause zurückgeschickt würde, verabredete sie sich mit ihm für den folgenden Abend im Wald. Und dort machte er sie zur Frau. Er schwor ihr, sie nicht allein zurück zu lassen, mit ihr zu gehen, wohin auch immer, er wolle für immer bei ihr bleiben. Bevor sie sich trennten, versprach sie, mit ihm zu fliehen. In aller Stille packte sie ihre Sachen, nahm aus der Speisekammer noch ein Stück Brot mit und eine geräucherte Wurst und schlich, als alle schliefen, zu dem vereinbarten Treffpunkt. Er wartete schon auf sie. Es vergingen etliche Tage, an denen sie bei Nacht nach Norden wanderten und am Tag in irgendeinem Versteck schliefen, bis sie sich weit genug entfernt wähnten, um sich als Tagelöhner zu verdingen. Es war Erntezeit und so fiel es ihnen nicht schwer, sich Nahrung zu beschaffen. Endlich erreichten sie die englische Besatzungszone.

Sie hatte, als sie zu ihren Verwandten geschickt worden war, eine Kennkarte mit dem Erlaubnisstempel, ihren Heimatort verlassen zu dürfen erhalten. Jetzt wusch und knetete sie die Karte so lange, bis kaum noch etwas erkennbar war. Dann änderte sie ihr Geburtsdatum, indem sie sich zwei Jahre älter machte und änderte Dietfurt in Dortmund um. Danach „behandelte" sie die Karte erneut, bis noch genau das zu erkennen war, was erkannt werden sollte. Warrior sollte ihr Adoptivbruder aus Sumatra sein, für den Fall, dass jemand Fragen stellte.

Das Ruhrgebiet, in dem die schlimmen Spuren der Alliierten-Angriffe noch deutlich sichtbar waren, befand sich in einem ruinösen Zustand der Trostlosigkeit. Die beiden nahmen jede Arbeit an, die sie finden konnten, arbeiteten in Fabriken, hausten in Kammern oder auf Hinterhöfen in schadhaften Verschlägen, aber sie liebten sich jede Nacht. Sie verdingten sich, wo immer eine Chance bestand, ein paar Lebensmittel zu ergattern, bis sie – damals noch Heidrun - endlich eine richtige Anstellung erhielt. Sie fand Arbeit in einem Lazarett. Als der Winter kam, bewohnten sie ein spärlich möbliertes Zimmer, in dem sogar ein Ofen einen nicht zu unterschätzenden Luxus darstellte. So verging das Jahr 1946. Sie waren sich selbst genug, glücklich, eine Bleibe und Nahrung zu besitzen. Es verlangte sie nicht nach Zerstreuung oder Luxus. Einzig ein Radio kauften sie sich von ein wenig erspartem Geld. Und obwohl der Empfang manchmal gar nicht funktionierte und der Klang die Ohren beleidigte, liebten sie es, aneinandergeschmiegt der Tanzmusik, die hin und wieder gespielt wurde, zu lauschen.

Im Frühling 47 schließlich überraschte sie Warrior mit der Tatsache, dass sie schwanger war. Warrior war außer sich vor Freude und nannte sie von diesem Augenblick an „Makuahine", was in seiner Sprache „Mutter" bedeutet. Jetzt war er es, der darauf drängte, ihre Verbindung legalisieren zu lassen, und zwar bevor das Baby zur Welt kommen würde. Sie beschlossen, zurück nach Süddeutschland und zu ihren Eltern zu gehen. Dort hoffte sie, würde Warrior die entsprechenden Papiere, die zur Eheschließung nötig waren, erhalten. Makuahine allerdings wollte abwarten, bis das Baby geboren war, da sie fürchtete, ihre Eltern würden ihr die Tür vor der Nase zuschlagen, wenn sie schwanger und mit einem farbigen Mann an ihrer Seite bei ihnen auftauchen würde. War das Baby erst einmal da, sähe die Sache schon anders aus, so glaubte sie. Während ihrer Wanderung zurück in den Süden argumentierte sie so lange, bis Warrior sich – wenn auch widerstrebend – einverstanden erklärte, zumal in der Kürze der Zeit, die bis zur Entbindung blieb, ohnehin keine Hochzeit mehr würde stattfinden können. Schließlich war er Amerikanischer Soldat und musste die für eine Eheschließung notwendigen Papiere beantragen. So wanderten sie nicht bis Augsburg, sondern Richtung Westen bis Hunger und Müdigkeit sie zwangen, sich ein Quartier bis zur Niederkunft zu suchen. Sie entdeckten durch Zufall in der Nähe von Heilberg eine einsame Hütte mitten im Wald, in der sie sich einquartierten. Dort fand sie Frau Büttner, von ihrem Mann liebevoll „Waldfee" genannt.

Und dann war Warrior, kurz nachdem ihre gemeinsame Tochter Leonie geboren worden war, von einer amerikanischen Streife aufgegriffen worden. Sie fühlte noch jetzt den Schmerz, den sie empfand, als sie begriff, dass sie ihn niemals wiedersehen würde.

Bevor der Schmerz überhand nehmen konnte, kehrten ihre Gedanken in die Gegenwart zurück.

Sie überlegte, wie es wäre, mit jedem zahlenden Kunden intim werden zu müssen. Nein, wenn die Männer alt und hässlich wären, würde sie es nicht über sich bringen, das wusste sie. Aber mit Lex würde es ihr schon Spaß machen. Mal sehen, ob er auf das Thema noch einmal zurückkäme. Natürlich würde sie sich ein bisschen zieren, das gehörte dazu, aber „sein Mädchen" – wie er gesagt hatte, zu sein, fände sie schon in Ordnung. Über diesem Gedanken schlief sie ein.

Kapitel 5

Mechthild, Lex's Cousine, war ein nettes Mädchen, das als Chefsekretärin arbeitete und für ihre Jugend recht gut verdiente. Dafür wurde erwartet, dass sie häufig Überstunden machte, was wiederum bedeutete, dass Angelika die Wohnung während ihrer freien Zeit für sich hatte. Mechthild hatte sie mit der Hausordnung vertraut gemacht und die sah vor, dass Herrenbesuch über Nacht nicht geduldet wurde.

Der Umzug in ihr neues Zuhause ging reibungslos vonstatten, viel mitzunehmen hatte sie ja nicht. Lex half ihr, das Zimmer mit zwei Stühlen und einem kleinen wackeligen Tisch, die er organisiert hatte, so einzurichten, dass es gemütlich und größer aussah, als es eigentlich war. Danach ging er einkaufen und kochte etwas, während Angelika ihre wenigen Sachen in den Schrank und ins Bad räumte. Als Mechthild nach Hause kam, aßen sie zusammen und dann war es Zeit für Angelika und Lex zur Arbeit zu gehen.

Sie waren kaum in der Pony-Bar angekommen, als Jochens Frau Sigrun sie zu sich rief. In dem schönen Zimmer in der ersten Etage lagen verschiedene Kleidungsstücke auf dem Bett. Auch Kartons mit Schuhen standen daneben.

Angelika musterte die Sachen: Eine rote Hose und ein blau-rot geringelter Pulli, dazu rote Pumps, eine weiße Hose, ein rot-weiß geringelter Pulli und eine blaue Hose mit einem blau-weiß geringelten Pulli. Dazu dunkelblaue Halbschuhe mit einer Schnalle. Alles passte perfekt. Sie fand noch eine Anzahl Halstücher und Schminkzeug in der Tüte auf dem Bett.

Sigrun sagte: „Du kannst die Sachen zu Hause in Ruhe anprobieren. Ich denke sie passen dir. Was nicht passt, bringst du wieder mit. Danach rechnen wir ab." Angelika erschrak. „Ich weiß nicht, ob ich so viel Geld habe" stammelte sie, aber Sigrun winkte ab. „Du hast Kredit, wir ziehen dir jede Woche etwas von deinem Lohn ab, bis die Sachen bezahlt sind. Ach ja, und noch etwas, lass dir die Haare schneiden und färben."

Angelika sagte wahrheitsgemäß: „Ich war hier noch nie bei einem Frisör. Können Sie mir einen empfehlen?" Sigrun nickte. „Ich sprech' mit Detlef" sagte sie „er wird sich bei dir melden. Jetzt geh und mach deine Arbeit."

Bevor Angelika Feierabend machte, kam noch ein später Gast in die Bar. Er war groß, hatte schwarze Haare und trug neben einem verwegen auf die Locken gestülpten Hut auch ein keckes Lächeln auf dem Gesicht.

„Du bis Angelika, stimmt's?" begrüßte er sie. „Ich bin Detlef. Hier schreib mir mal deine Adresse auf, ich bin morgen um 12.00 Uhr bei dir." Sie starrte ihn an. Wie ein Frisör sah er nicht aus, fand sie. Als habe er ihre Gedanken gelesen sagte er: „Auch wenn du es nicht glaubst, ich bin Frisör, und zwar einer der besten. Wer hier in der Stadt was auf sich hält, nimmt meine Dienste in Anspruch. Ich habe keinen eigenen Salon, aber ich komme ins Haus. Also, wie isset?"

Angelika nickte und schrieb ihm ihre Adresse auf. Er trank ein halbvolles Glas Weinbrand, das einer der tanzenden Herren auf der Theke hatte sehen lassen aus, und ging.

Auf dem Heimweg fragte Lex: „Und, wie war dein erster Tag?"

„Nicht schlecht" sagte Angelika und genoss es, dass er seinen Arm um sie legte. Er half ihr, die neuen Sachen tragen und erfuhr von der Verabredung mit Detlef.

Auf der halben Strecke bis zu ihrer Wohnung befand sich eine Bude, an der es Brühwürstchen gab, und Lex kaufte für sie beide ein spätes Abendessen, das sie mit einer Flasche Bier, die sie sich teilten, hinunterspülten. Bevor er sich mit einem Kuss von ihr verabschiedete, versprach er, am nächsten Tag am frühen Abend bei ihr vorbeizuschauen, um ihre neue Frisur zu bewundern.

Und so kam es, dass sie ihm mit einer schwarz gefärbten Fransen-Frisur die Tür öffnete, angetan mit einer roten dreiviertel langen Hose und einem blau-weiß geringeltem Shirt. Lex blieb vor Staunen der Mund offen stehen. War das die Angelika, die graue Maus, das dünne Mädchen, das er vom Pütt-Eck kannte?

„Komm rein", lud sie ihn ein „ich muss noch die anderen Sachen anprobieren. Detlef ist erst gerade gegangen. Wie findest du, was ich anhabe?"

„Ich bin sprachlos" stammelte Lex. Sie zog ihn in ihr Zimmer und schloss die Tür. Dann zog sie den Pulli über den Kopf, knöpfte die Hose auf und trat aus ihr heraus, nahm sie vom Boden auf und legte sie auf einen Stuhl. Sie drehte sich zu Lex um: „Und, wie ist es? Wolltest du dir nicht deine Provision für die Beschaffung von Arbeit und Wohnung holen?" Lex sah sie verdattert an. „Meinst du das jetzt ernst?" fragte er. „Na, wie sieht es denn aus?" fragte sie zurück und zog ihn aufs Bett. „Nun komm schon, die Sachen kann ich auch später noch anprobieren."

Jochen Hollmann war bereits in der Bar, als sie eintrafen. Er musterte Angelika und nickte anerkennend.

„Na, das sieht ja gar nicht schlecht aus" sagte er. „Du bist heute die erste Thekenkraft. Pass gut auf und lass die Kasse nicht aus den Augen. Falls du die Bar verlässt, schließe ab. Reginald ist zwar auch da, aber es hat immer nur einer die Verantwortung für die Kasse. Traust du dir das zu?"

Angelika bejahte.

„Dann machen wir jetzt deine Papiere fertig" sagte Jochen. „Komm mit ins Büro."

Angelika schluckte. „Ich habe keine Papiere", sagte sie kleinlaut.

Jochen blieb stehen und drehte sich zu ihr um. „Wieso hast du keine Papiere? Hattest du Ärger mit der Polizei?"

Angelika beeilte sich zu verneinen. „Ich bin mit einem Flüchtlingstreck angekommen... habe mich aber nicht im Lager registrieren lassen, sondern bin weiter zu einer Verwandten.....als diese starb, kam ich ins Ruhrgebiet.... bisher hat niemand nach Papieren gefragt.....im Pütt-Eck habe ich so gearbeitet" schloss sie ihre abgehackte Darstellung.

Jochen grinste. „Hätte ich mir ja denken können, dass Kuno, der alte Fuchs, keine Versicherung für dich bezahlt hat, aber hier geht alles korrekt zu" schloss er. „Das mit den Papieren kriegen wir hin. Ich kenne jemanden vom Amt, der mir noch einen Gefallen schuldet. Schreib mir alles auf, Name, Geburtstag, Geburtsort, Eltern usw. und gib mir den Zettel, bevor du gehst. Dann sollte das wohl nächste Woche mit deinen Papieren klappen."

Als Angelika wieder den Gastraum betrat, waren die Mädchen und Reginald

eingetroffen und ein allgemeines Vorstellen und Ausfragen begann, bis Jochen in die Hände klatschte und sagte:

„Jeder auf seinen Platz, wir öffnen."

Kapitel 6

An einem ihrer freien Tage, es war ein Montag im Mai 1954, fuhr Angelika mit dem Bus zum Baldeneysee. Sie wollte in Ruhe nachdenken. Am Seeufer setzte sie sich auf eine Bank, nahm ein Päckchen mit Zigaretten aus ihrer Tasche und sah auf das Wasser. Sie hieß jetzt ganz offiziell Angelika Ostrowski, war 1930 im Landkreis Elbing geboren, wobei sie sich zwei Jahre jünger gemacht hatte als sie war, und galt als Vollwaise. Das hatte alles geklappt, Gott sei Dank. Ihre Haare waren kurz und schwarz, ihre Augen und Lippen angemalt und ihre Nägel lackiert. Mit der Frau aus Heilberg hatte sie nicht die geringste Ähnlichkeit mehr. Noch weniger Ähnlichkeit hatte sie mit dem Mädchen Heidrun von Lemberg, das einst – es schien ihr wie in einem anderen Leben – das Elternhaus verlassen hatte, um zu Verwandten nach Dietfurt zu fahren.

Erinnerungen an diese Zeit brachten nichts, fand Angelika. Sie stellte sich vor, sie packte alle Erinnerungen in einen Kasten, schloss ihn ab und warf den Schlüssel in den Baldeneysee. Ja, das war gut. Ihr Leben begann jetzt. Alles was vorher war, würde ausgelöscht sein. Mit ihrer neuen Vita hatte sie auch ein neues Leben begonnen.

Sie arbeitete jetzt seit über einem Jahr in der Pony-Bar, bewohnte ein Zimmer in einer hübschen Wohnung, sie hatte einen Job, in dem sie gar nicht schlecht verdiente und sie hatte einen festen Freund: Lex. Allerdings – und das konnte sie nicht ignorieren – hatte sie auch eine Menge Schulden. Die Kleidung und die Schminkutensilien, die ständig durch Frau Hollmann ergänzt wurden, mussten noch abbezahlt werden, die Wohnung kostete sie monatlich über 200 Mark und für die neuen Papiere hatte sie auch noch einmal 500 Mark zu zahlen. Jochen hatte den Betrag – wie er sagte – für sie ausgelegt. Und schließlich benötigte sie noch Geld für Essen und Trinken, Waschpulver, Wäsche, den Schuster, neue Nylons und alle 6 Wochen für den Frisör. Und natürlich durfte sie nicht krank werden, sonst waren die Einnahmen für diese Zeit futsch und jeder Ausfalltag würde sie noch weiter in immer neue Schulden treiben. Andererseits war sie jetzt krankenversichert, seit vielen Jahren zum ersten Mal, und auch die anderen Versicherungen bezahlte Jochen für sie. Dabei legte er das Fixum, das sie verdiente, zugrunde. Provision und Trinkgelder bekam sie ohne Abzüge. Dennoch war ihr klar, sie musste einen Weg finden, mehr zu verdienen, sonst kam sie auf keinen grünen Zweig. Vielleicht sollte sie sich ein billigeres Zimmer suchen? Sie würde mit Lex darüber sprechen. Vielleicht hatte er eine Idee.

Als sie an einem der nächsten Abende, an dem er sie wie immer zur Arbeit abholte, mit ihm darüber sprach, schüttelte er nur den Kopf und sagte:

„Du musst eben einfach mal eine Verabredung annehmen, wie die anderen Mädchen auch. Das bringt an einem Abend mehr als das Trinkgeld der ganzen Woche."

Angelika sah ihn fassungslos an:

„Du meinst, ich soll mit anderen Männern.....also wirklich, Lex.....das ist ein Scherz, oder?"

Er schüttelte kühl mit dem Kopf:

„Nein, ist es nicht. Hast du mal ausgerechnet, was du Jochen und mir schuldest? Da kommt ganz schön was zusammen. Und wenn du deine Schulden so wie bisher abstotterst, haben dich die Zinsen ganz schnell aufgefressen."

„Zinsen?" echote sie. „Was für Zinsen?"

„Ja denkst du denn, du bekommst Geld einfach so geliehen? Bei der Bank müsstest du auch Zinsen zahlen und eine Sicherheit obendrein bieten."

Sie schwieg, völlig paralysiert von dem Gehörten. Lex aber sprach weiter:

„Ich hab das mal nachgerechnet. Bei Jochen stehst du mit 2.600 Mark und bei mir mit 1.200 Mark in der Kreide. Wenn du wie bisher 400 Mark im Monat abbezahlst, arbeitest du noch über 12 Monate für deine festen Kosten und den Schuldendienst."

„Wieso über 12 Monate?" fragte sie.

„Na, wegen der Zinsen" antwortete er. „Und" fuhr er fort „da ist noch kein neues Fähnchen, keine Schuhe oder ein sonstiges Extra drin. Und ewig halten deine Klamotten auch nicht. Außerdem ist der französische Stil abgenudelt. Da muss was Neues her."

Angelika sagte knapp: „Ich muss darüber schlafen." Und schon im Gehen drehte sie sich um und fragte: „Würde dir das denn gar nichts ausmachen, wenn ich mit anderen Männer ....?" Das Ende des Satzes ließ sie offen.

Lex lachte: „Wenn du genug Kohle verdienst, macht mir nichts etwas aus" antwortete er kalt.

Angelika drängte die Tränen, die ihr in die Augen stiegen, zurück und sagte: „Dann geh jetzt, ich muss mich für die Arbeit fertig machen." Sie wollte unbedingt noch ein paar Minuten allein über das Gehörte nachdenken, aber Lex sagte nur: „Quatsch keine Opern, Mädchen, zieh dich um und dann komm. Wir gehen zusammen. Ich werde mit Jochen sprechen und ihm sagen, dass du künftig auch Verabredungen annimmst."

„Und wo soll ich mit den Männern hingehen? Etwa hier in meine Wohnung?"

„Natürlich nicht. Dorthin, wohin auch die Anderen gehen. Ins Hotel „Astra"."

An diesem Abend war Angelika sehr unkonzentriert und bekam zweimal einen Verweis, weil sie die Bestellungen falsch ausgeführt hatte.

„Wenn du so weiter machst, kannst du gleich nach Hause gehen" zischte Jochen.

„Wo hast du deine Gedanken?"

Sie entschuldigte sich und sagte, sie habe Kopfschmerzen.

„Besuch von der roten Tante?" fragte er anzüglich. „Wenn das vorbei ist, gehst du zum Arzt. Lex hat mir gesagt, dass du künftig auch Verabredungen annimmst. Vorher musst du dich untersuchen lassen, damit du eine „Lizenz" bekommst. Frag eines der anderen Mädchen, welcher Arzt sich um euch kümmert." Damit ließ er sie stehen und ging zu einem Tisch, an dem ein paar Stammgäste saßen und ihn laut lachend empfingen.

Kapitel 7

Angelika erwachte früh, aber sie blieb liegen und hielt die Augen geschlossen. Sie musste über den gestrigen Tag nachdenken.

Sollte sie sich wirklich prostituieren? Würde sie das fertig bringen? Und wie viele Männer wären nötig, bis sie ihre Schulden abbezahlt hätte? Könnte sie bei einem Mann liegen, den sie nicht kannte und in den sie nicht verliebt war?

Ihre Gedanken glitten in die Vergangenheit, zu dem jungen Wildhüter, der eines Tages vor der Hütte, in der sie mit Leonie wohnte, gestanden hatte. Ihn kannte sie auch kaum, als sie sich mit ihm einließ, und verliebt war sie auch nicht in ihn. Sie wusste nicht einmal mehr, wie er hieß. Begehrt hatte sie ihn, nach der langen Zeit ohne Mann, aber mehr war es nicht. Als er sie schließlich verließ, noch ehe Renate geboren war, weinte sie ihm keine Träne nach. Mehr als er fehlte ihr das Wild, das er ihr immer gebracht hatte. Einige Zeit lang war sie in Sorge, er könnte ihren Unterschlupf verraten, aber diese Angst war unbegründet. Er war es wohl, der das Weite suchte, weil er sich nicht mit einer Frau und einem Kind belasten wollte, und so blieb Angelika in ihrem Versteck weiterhin unbehelligt.

Später dann, als Eduardo in ihr Leben trat, da war sie verliebt. Oder war es auch wieder nur Begehren? Seine schöne Gestalt, die dunklen Augen und Haare! Nein, sie war verliebt. Sie genoss es, in seinen Armen zu liegen und seinen Geschichten zu lauschen. Besonders, wenn er von seiner Familie sprach, von seiner Großmutter, die er so liebte, fühlte sie sich ihm nahe. Aus diesem Grunde hatte sie ihrer gemeinsamen Tochter auch den Namen Elena gegeben, den Namen seiner Großmutter. Was er wohl heute so trieb? Obwohl erst wenige Jahre, seit sie ihn getroffen hatte, vergangen waren, erschien ihr dieser Abschnitt ihres Lebens wie aus einer anderen Epoche. Sie rief sich in Gedanken zur Ordnung: Dieses Leben gab es nicht mehr, hatte es nie gegeben. Sie war Angelika Ostrowski und damit basta.

Sie wollte, nein, brauchte dringend Geld. Also würde sie tun, was nötig war, um mehr Geld zu verdienen. Sie würde als erstes mit Helga sprechen und nach der Adresse des Arztes fragen und versuchen zu erfahren, was genau auf sie zukam. Wer würde eigentlich für das Zimmer im Hotel bezahlen? Und was taten die Mädchen, um nicht schwanger zu werden? Wie viel Geld konnte sie von einem Mann verlangen? Schon wieder begann ihr Kopf zu dröhnen, angefüllt mit unbeantworteten Fragen.

Kurz entschlossen stand sie auf. Zu Helga konnte sie frühestens am Nachmittag gehen. So blieb nach dem kargen Frühstück, das von einer Tasse echten Bohnenkaffees gekrönt wurde, noch Zeit, ein paar Kleidungsstücke und die Haare zu waschen. Auch die Fingernägel konnte sie noch neu lackieren.

Als Angelika gegen drei Uhr bei Helga läutete, öffnete diese in einem Herrenmantel über dem Nachthemd. Ihr vom Vortag noch mit Schminkresten behaftetes Gesicht sah ungesund blass aus.

„Wat willst du denn?" begrüßte sie Angelika nicht eben freundlich.

„Hast du ein bisschen Zeit? Ich müsste dich dringend ein paar Dinge fragen?"

„Meine Fresse, und deswegen kommse mitten inne Nacht? Wie spät isset denn?"

„Kurz nach drei."

„Wat? Schon? Na komm rein, geh ma inne Küche und mach uns nen Kaffee. Bin gleich wieder da."

Helga verschwand in einem Verschlag hinter der Küche und Angelika hörte Wasser plätschern. Während sie nach gemahlenem Kaffee suchte und nur Malzkaffee fand, tappte Helga zurück in ihr Schlafzimmer. Wenig später kam sie angezogen, mit gewaschenem Gesicht und gekämmten Haaren in die Küche. Sie setzte sich an den Küchentisch und griff nach der Tasse, die Angelika vor sie hingestellt hatte. Nachdem sie einen Schluck genommen hatte, stand sie auf, ging zu einem Schrank und kam mit einer Flasche zurück an den Tisch. Sie goss sich einen kräftigen Schluck in den Kaffee und reichte mit einem fragenden Gesichtsausdruck Angelika die Flasche.

„Is Selbstgebrannter" sagte sie „ohne dem kann-se datt Zeuch" sie deutete auf die Kaffeetasse „nicht runterwürgen."

Angelika lehnte dankend ab.

„War spät gestern" fuhr Helga fort „oder besser früh heute Morgen. Und ne Birne hab ich von dem süßen Zeuch!" Dann schien sie sich zu besinnen.

„Du wolltst wat fragen? Also frag!"

„Ich möchte künftig auch Verabredungen an-nehmen, ich komme sonst mit dem Geld nicht hin" sagte Angelika.

„Wat? Du willst auch mitte Kerle inne Kiste? Da musste erstmal ordentlich Watte inne Bluse stoppen, sonst guckt dich keiner an."

„Die Sache ist die" sagte Angelika „ich hab so etwas noch nie gemacht. Ich weiß nicht, wie viel Geld ich verlangen kann, ich weiß nicht, wer das Hotelzimmer bezahlt, und ich weiß nicht, wer der Arzt ist, bei dem ich mich untersuchen lassen muss."

Helga starrte sie entgeistert an.

„So, und gezz sach mal: watt weisse über-haupt?"

„Ich fürchte, nicht allzu viel."

„Aber Jungfrau bisse nicht mehr, oder?"

„Nein, natürlich nicht."

„Mannomann. Aber gut, datte zu mir gekomm bis. Ich bin n alter Hase in dem Gewerbe. Kannste watt von lernen."

In der nächsten Stunde gab Helga ihr jede Menge guter Ratschläge, erklärte ihr, welche Leistung für welchen Preis zu haben war, und betonte immer wieder, dass erstens der Gast das Zimmer zu zahlen hatte und zweitens, es Leistung nur gegen Vorkasse gab. Von jedem Gast gingen 25 Mark an Jochen. „Provision" wie es Helga nannte. Schließlich erhielt Angelika die Adresse des Arztes mit dem Hinweis, am Mittwoch um vier Uhr in die Praxis zu gehen. Helga versprach, bis dahin Bescheid zu geben, dass sie kommen würde.

Auf dem Nachhauseweg rechnete Angelika nach, wie viele „Gäste" sie würde bedienen müssen, bevor sie ihre Schulden abbezahlen konnte. Sie war so in Gedanken, dass sie fast von einem Auto angefahren worden wäre. Im letzten Moment sprang sie zurück und dachte bei sich: Das hätte gerade noch gefehlt.

Am folgenden Mittwochnachmittag stand sie vor der Tür der Praxis. Auf dem Emaille-Schild stand in schwarzer Schrift. „Dr. Heinrich Gärtner, Frauenarzt". Sie klopfte und wenig später öffnete eine junge Frau im weißen Kittel.

„Fräulein Ostrowski?" fragte sie, und Angelika nickte.

„Gehen Sie gerade aus ins Sprechzimmer. Der Herr Doktor kommt gleich."

Kurze Zeit später trat ein grauhaariger Mann im weißen Kittel ein, der ein wenig hinkte. Er setzte sich hinter den Schreibtisch und musterte Angelika.

„Was kann ich für Sie tun?" fragte er, und Angelika antwortete:

„Ich dachte, meine Kollegin hätte mich angemeldet."

„Hat sie" nickte Dr. Gärtner. „Sie wollen also eine Untersuchung auf Geschlechtskrankheiten, damit sie sich prostituieren können, ohne ihre Kunden anzustecken!"

Er formulierte dies als Feststellung, nicht als Frage.

Eingeschüchtert von der – wie ihr schien – rüden Ausdrucksweise nickte sie.

„Benutzen Sie üblicherweise Kondome?" fragte er und Angelika stotterte: „Bisher nicht. Ich habe ja noch keine Verabredungen getroffen."

Er nickte und sagte: „Ich empfehle Ihnen dringend den Gebrauch. Über die Anwendung wissen sie Bescheid?"

Angelika blieb ihm die Antwort schuldig. Er stand auf, holte eine Packung aus seinem Medizinschrank und erklärte ihr, wie ein Kondom zu benutzen sei. Außerdem, so sagte er, würde es nicht nur ihre Kunden, sondern auch sie vor

Krankheiten schützen und vor allem Schwangerschaften vermeiden. Danach bat er sie ins Untersuchungszimmer.

Nachdem sie wieder angezogen war, nahm er sie am Arm und ging mit ihr ins Sprechzimmer zurück.

„Soweit ich feststellen konnte, ist bei Ihnen alles in Ordnung. Die Auswertung des Abstrichs dauert ein paar Tage. Einige Fragen habe ich jedoch noch. Setzen Sie sich. Wie viele Kinder haben Sie?"

Angelika erschrak, fasste sich aber schnell und sagte: „Ich habe keine Kinder".

Dr. Gärtner schüttelte den Kopf. „Sie haben geboren, mindestens einmal. Also erzählen Sie mir keine Märchen."

Angelika senkte den Kopf, damit er die Röte, die ihr ins Gesicht gestiegen war, nicht bemerkte. Daran, dass ein Frauenarzt erkennen konnte, dass sie geboren hatte, hatte sie nicht gedacht. Sie überlegte fieberhaft, wie sie den Schaden begrenzen konnte. Auf keinen Fall konnte sie die Wahrheit sagen.

Sie schlug die Hände vor's Gesicht und begann zu weinen.

„Na, na", sagte Dr. Gärtner, „wer wird denn gleich losheulen. Sagen Sie mir einfach die Wahrheit. Ich unterliege der Schweigepflicht, sofern Sie nicht gerade ein Verbrechen begangen haben."

Nach einer Weile hob Angelika den Kopf. „Ich war schwanger" sagte sie, „auf der Flucht, aber ich habe eine Frühgeburt gehabt. Es waren Zwillinge. Sie haben nicht überlebt."

Er nickte, sah sie an und sagte: „Ich gebe Ihnen Bescheid, wenn die Befunde da sind. Falls Sie Fragen oder gesundheitliche Probleme haben, wissen Sie ja, wo Sie mich finden. Üblicherweise habe ich für diese Angelegenheiten die Praxis am Mittwochnachmittag geöffnet. Bei akuten Fällen können Sie zu den regulären Sprachzeiten in die Praxis kommen."

Angelika hatte das ungute Gefühl, dass Dr. Gärtner ihre Geschichte nicht glaubte. Aber da er der Schweigepflicht unterlag, hoffte sie, mit keinen weiteren Unannehmlichkeiten rechnen zu müssen.

Kapitel 8

Der erste Gast, der Angelika buchte, war ein Stammgast, der – wie er sagte – schon lange auf neues Frischfleisch gewartet hatte. Helga raunte Angelika zu:

„Der ist pflegeleicht. Und denk immer dran: Gute Vorarbeit is die halbe Miete.“

Als Angelika eine Stunde später wieder den Gastraum betrat, hatte sie die Tränenspuren bereits überschminkt und sah aus wie immer. Die neugierigen Blicke der anderen Mädchen ignorierte sie. Helga stellte ihr das eigene Glas hin und sagte:

„Trink nen Schluck. Schad nix und tut gut.“ Und ausnahmsweise gestattete sich Angelika einen Schluck des hochprozentigen Inhalts.

An diesem Abend hatte sie noch zwei weitere Gäste und als sich herumgesprochen hatte, dass sie jetzt auch Verabredungen annahm, war sie jeden Abend ausgebucht. Einige der anderen Mädchen schmollten und geizten nicht mit giftigen Kommentaren, aber Helga sorgte für Ruhe, indem sie sagte: „Ihr wisst doch genau, dat dat immer so is, wenn ne Neue hier is. Nach 2 Wochen isse auch nich mehr neu und dann geht dat Geschäft wie immer.“

Als Angelika biologisch bedingt für 3 Tage pausieren musste, empfand sie dies als Erholung. Helga hatte sich seit jenem Tag, an dem sie sie zum ersten Mal aufgesucht hatte, stets um sie gekümmert. Sie war so etwas wie die Mutter der Mädchen, und selbst die schwierigen unter ihnen akzeptierten ihren großen Erfahrungsschatz. Mehrmals hatte sie Angelika vor Gästen gewarnt, die für ihre grobe Art bekannt waren.

„Dat dich einer eine haut, musse dich nich gefallen lassen. Wenn einer auf Krawall aus is, drückse den Knopf anne Wand. Vergiss dat nich!"

Ein anderes Mal sagte sie: „Wir ham hier nur die normalen Bekloppten. Die richtig Abartigen kommen nich nach uns. Die findse auf'm Straßenstrich. Deswegen kömma froh sein, dat wer hier sin."

Manchmal hatten Gäste skurrile, aber dennoch harmlose Wünsche. Ein Gast, wünschte sie in Gummistiefeln, ein anderer in einer geblümten Schürze, die er jedes Mal frisch gewaschen und gebügelt mitbrachte, und ein dritter bestrich sie mit einem Mehl-Wasser-Gemisch, das ihr das Aussehen einer Statue verlieh. Da er für die Vorbereitungen mehr Zeit als normal benötigte, zahlte er auch einen höheren Preis, zumal Angelika auch noch das Gemisch von ihrer Haut waschen musste, was ebenfalls etliche Zeit in Anspruch nahm.

Nach einigen Wochen hatte sich Angelika in ihrem neuen Betätigungsfeld eingerichtet. Sie war beliebt, da sie sich befleißigte, nicht in den teilweise ordinären Slang ihrer Kolleginnen zu verfallen, und sie forderte nie mehr als ihr zustand. Außerdem animierte sie zwar die Gäste zum Verzehr, trank selbst aber nur äußerst mäßig. Ihr war schon als sie noch den Thekendienst versah aufgefallen, dass die meisten Mädchen mehr tranken als für sie gut war. Das Rauchen hatte sie sich zwar angewöhnt, weitere die Gesundheit gefährdende Laster wollte sie nicht hinzufügen.

Ihre medizinischen Kontrollen nahm sie regelmäßig wahr, und auf Anraten von Helga hatte sie sich ein Sparbuch zugelegt, wo sie jeden Pfennig, den sie erübrigen konnte, anlegte. Außerdem zahlte sie jeden Monat ihre Schulden ab.

In den Momenten, wo ihr das Leben schier unerträglich erschien, sagte sie sich, dass sie in weniger als zwei Jahren schuldenfrei sein würde. Die Gedanken an die Vergangenheit verbot sie sich konsequent. Allerdings träumte sie manchmal von Warrior, Eduardo oder ihren Kindern. Dann wachte sie tränenüberströmt und in Schweiß gebadet auf. Sobald sie dann wach war, verdrängte sie den Traum aus ihrem Gedächtnis. Nur so war es ihr möglich, durchzuhalten und ihrem Ziel, eines Tages wieder frei zu sein, näher zu kommen. Sie war ehrlich genug zu sich selbst um festzustellen, dass ihre bisherigen Anstrengungen, die große Freiheit zu erlangen, eher zum Gegenteil geführt hatten. Aber entmutigen ließ sie sich davon nicht.

Sie lebte nicht schlecht, war bald schuldenfrei, hatte ein paar Mark auf ihrem Sparbuch und war sich freudig darüber im Klaren, dass ihr Äußeres von den meisten Männern mit „sehr hübsch" bezeichnet wurde. Dieses Kapital wollte sie einsetzen, solange es Bestand hatte. Was danach kam, würde man sehen.

Kapitel 9

Das Weihnachtsfest 1955 stand vor der Tür. Die Mädchen wussten, dass während der Feiertage das Geschäft schlecht lief, da die Kunden bei ihren Familien blieben und nur wenige Gäste nach weiblicher Gesellschaft verlangten. Sie hatten verabredet, an Heiligabend – wenn die Bar geschlossen war - eine private Feier stattfinden zu lassen. Die meisten von ihnen hatten keine Familie, und so verabredeten sie sich zu einem gemeinsamen Essen bei Paula, die ein heruntergewirtschaftetes Häuschen am Stadtrand bewohnte. Sie hatte es von ihrem Großvater geerbt. Es war nicht besonders hübsch, bot aber Platz für alle und war – und das war der Hauptgesichtspunkt – bar jeder Nachbarschaft. Es grenzte an einen verkommenen Park.

Nach und nach trudelten die Mädchen ein, alle mit einer oder mehreren Flaschen bewaffnet. Helga, die wusste, wie wenig Angelika trank, hatte ihr geraten, reichlich zu essen, damit sie den zu erwartenden Exzess einigermaßen überstehen konnte.

Paula hatte eine alte Anrichte mit buntem Weihnachtspapier dekoriert und dort die Wein- und Sektflaschen, den Wacholder und Weinbrand sowie diverse Liköre aufgereiht. Getrunken wurde aus Wassergläsern und Tassen, andere Trinkgefäße waren nicht vorhanden.

Den großen alten Esstisch hatte Paula mit Zweigen und ein wenig Lametta dekoriert, und der schiefe Weihnachtsbaum trug ein paar Schleifen und Nüsse, die Paula mit Bindfaden befestigt hatte. Der Ofen bullerte und sein Rauch vermischte sich mit dem der Zigaretten.

Beim Essen wurde noch viel gelacht und gescherzt, nun aber – ein paar Stunden und Flaschen später - kippte die Stimmung. Rosi und Gitte zankten lautstark miteinander, Marlene weinte still vor sich hin und Helga gab Anekdoten aus ihrem reichen Erfahrungsschatz von sich. Aber auch sie wurde mit der Zeit stiller. Angelika, die nur wenig Wein und ein Glas Likör getrunken hatte, sah zum ersten Mal die Mädchen – wie sie wirklich waren. Ohne Kriegsbemalung und ohne das dämmerige Licht in der Bar waren die wenigsten attraktiv. Einzig Christa war wirklich hübsch zu nennen. Es war jedoch eine oberflächliche Schönheit, ihren Augen sah man die beschränkten intellektuellen Möglichkeiten deutlich an. Paula und Anneliese setzten sich neben Angelika.

„Nun komm, erzähl auch mal was" forderte Anneliese sie auf. Sie sprach ein hart akzentuiertes Deutsch, das darauf schließen ließ, sie sei aus den Ostgebieten ins Ruhrgebiet gekommen. Angelika nahm sich in Acht, da sie befürchtete, ihre Geschichte könne von Anneliese durchschaut werden.

„Lass uns ein Spiel spielen" antwortete sie, „das ist lustiger als irgendetwas zu erzählen."

„Gute Idee" sagte Paula „was für ein Spiel sollen wir denn spielen?" Ihre Zischlaute waren bereits sehr verwaschen.

„Stellt euch vor, ihr hättet jeder 100.000 Mark. Was würdet ihr damit anfangen?"

Helga öffnete die Haustür. Ein kalter Luftzug traf die Mädchen. „Wenn wir gezz nich Luft rein lassen, ersticken wir hier alle" kommentierte sie ihre Aktion. Nachdem sich alle um den Ofen geschart hatten und die blauen Dunstschwaden in der kalten Winterluft entschwunden waren, setzte sie sich und rief:

„Hört mal zu, wir spielen gezz wat. Wat tätet ihr machen, wenn ihr 100.000 Mäuse kriegtet?"

Die Mädchen sprachen und riefen durcheinander. Helga gebot Ruhe. „Schön der Reihe nach" sagte sie. „Paula, du fängst an!"

Paula überlegte nur kurz, dann sagte sie:

„Ich würde ein richtiges Badezimmer einbauen lassen, die Wände in bunten Farben anstreichen, schöne Klamotten kaufen und jeden Tag Fleisch essen. Dann würd ich mir nen netten Mann suchen, nicht solche Typen wie wir sie kennen, und 2 Kinder kriegen. Ach ja, und ein Auto würd ich auch noch kaufen."

„Hasse denn nen Führerschein?" fragte Rosi.

„Nee, aber den könnt ich ja dann machen".

„Gut" sagte Helga. „Jetzt du, Christa."

„Ich würde mir tolle Klamotten kaufen und jeden Tag Sekt trinken, aber nicht den billigen Fusel, sondern richtig teuren."

„Ist das alles?" fragte Helga.

Christa errötete. „Ne, aber mehr sag ich nicht." Jetzt drängten die andern sie und nach einer Weile sagte Christa leise: „Ich würde lesen lernen." Dem Geständnis folgte ein längeres Schweigen.

Schließlich fragte Angelika: „Hast du das nicht in der Schule gelernt?"

„Nich richtig. Ich war bloß 4 Jahre auffe Schule."

„Und danach?" hakte Angelika nach.

„So allet Mögliche" antwortete Christa kleinlaut.

Helga rettete die Situation, indem sie sagte: „Rosi, was ist mir dir?"

Und so ging es fort. Schließlich waren nur noch Angelika und Helga übrig. Angelika sagte:

„Ich würde mit dem Schiff in ein Land am anderen Ende der Welt fahren und dort ganz normal leben."

„Und wie willse dich unterhalten?" fragte Paula

„Sprachen kann man lernen. Außerdem möchte ich Theater spielen."

„Puh" sagte Gitte „du musst wohl immer zeigen, datte dich für wat Besseret hälts!"

„Tja" sagte Helga, „ich würd mich ein klein Häusken anschaffen und nen Hund und nie wieder mit irgend so einem Kerl pennen. Ein klein Gärtken, mit paar Kartoffeln und Sträucher. Dat wäre wat, wat mich gefallen würde."

Damit war das Spiel zu Ende und die Mädchen füllten ihre Gläser neu.

Auch Angelika holte sich noch ein Glas Wein. "In welch eine Welt bin ich da geraten?" dachte sie bei sich. Wenn ich nicht schnell den Absprung in ein normales Leben schaffe, wird mein Leben hier versanden und meine Ideale werden sich in kürzester Zeit ebenfalls auf Klamotten, Essen und Trinken reduzieren. Am liebsten hätte sie laut geschrien. Und in einer Woche würde ein neues Jahr beginnen. Was würde es ihr bringen? Nichts, wenn sie nicht selbst dafür sorgte, dachte sie. Nur wie sie es anstellen sollte, ihr Leben neu und besser zu organisieren, wusste sie nicht. Sie würde morgen, wenn der Alkohol verfolgen war, noch einmal darüber nachdenken müssen, das war sicher. Und dann würde sie auch eine Lösung finden. Sie musste einfach!!

Als sich die Mädchen am übernächsten Tag wieder in der Bar trafen, war alles wie immer. Die Träume und Wünsche, die einige am Heiligabend hatten durchblicken lassen, waren wieder weggeschlossen. Das Tagesgeschäft rief.

Und dann kam der Silvesterabend. Die Jochen und Reginald hatten die Bar üppig dekoriert. Von der Decke hingen Lamettafäden, die im Licht silbern aufblitzten. Die Mädchen trugen Flitter im Haar und noch mehr Talmischmuck als gewöhnlich. Serviert wurde heute nur Sekt – den man Champagner nannte – und Weinbrand – der als Cognac verkauft wurde. Auch die Gäste waren heute festlicher gekleidet. Das Programm auf der Bühne begann erst gegen 21.00 Uhr, als die Bar bereits bis auf den letzten Platz besetzt war.

Angelika musterte die Gäste. Die üblichen Kunden, zwei oder drei Paare, die einen „verruchten" Abend erleben wollten und ein halbes Dutzend neuer Gesichter. Ein Gast fiel ihr besonders auf. Er war vielleicht 50 Jahre alt, ein wenig korpulent, mit vollen grau-melierten Haaren und einem grau gesprenkelten Bart rund um den Mund. Sein Auftreten war sicher, aber nicht großspurig, seine Augen von einem hellen Graublau, mit denen er interessiert um sich blickte. Er beobachtete das Treiben und musterte kritisch, aber nicht unfreundlich, jedes der Mädchen. Sein Blick blieb auf Rosi haften, die ihre üppige Oberweite in ein grünes Satinmieder gezwängt hatte. Dann wanderte sein Blick weiter zu Christa, die in einem kurzen schwarzen Kleid hinreißend aussah. Als sie jedoch ihm den Blick zuwandte, drehte er leicht den Kopf und betrachtete Gitte und Anneliese. Helga streifte sein Blick nur kurz. Man sah ihr an, dass sie die Jugend längst hinter sich gelassen hatte, und dann trafen seine Augen den Blick von Angelika. Er lächelte, und sie erwiderte sein Lächeln. Er nahm sein Glas, verließ seinen Platz und kam zu ihr.

„Würden Sie mir die Freude machen, mich zu meinem Tisch zu begleiten?" fragte er. Als sie nickte, forderte er sie auf: „Bitten Sie den Barmann, uns Champagner zu bringen, dort zum Tisch neben der Bühne."

Jetzt erst sah Angelika, dass ein kleiner Zweiertisch unbesetzt war. Auf einem der beiden Sessel lag ein weicher Mantel, auf dem anderen ein Schal und Lederhandschuhe. Sie folgte dem Gast zu besagtem Tisch, und er machte ihr einen Sessel frei und bat sie, Platz zu nehmen. Als Reginald mit den Getränken kam, drückte er ihm den Mantel und eine Münze in die Hand und wies ihn an, den Mantel zur Garderobe zu bringen.

Er selbst füllte die Gläser aus der Flasche, die im Eiskübel stand, und prostete Angelika zu.

„Ich heiße Bertram Schilling", sagte er, „und wie heißen Sie?"

„Angelique".

„Das ist ihr Künstlername, nehme ich an. Ich möchte aber Ihren richtigen Namen hören."

„Angelika"

„Schön, und wie weiter?"

„Ostrowski."

„Ostpreußisch, nicht wahr?"

Angelika nickte.

„Ich würde mich gern Ihrer Gesellschaft für den Rest des Abends, pardon, der Nacht versichern. Ist das möglich?"

„Selbstverständlich, sehr gerne" antwortet sie und wunderte sich im Stillen über die Art und Weise, wie er mit ihr sprach. Soviel Kultur war hier ungewöhnlich und erschien ihr deswegen fast unwirklich. Allerdings verhehlte sie sich nicht, dass sie es genoss, in einwandfreier Diktion zu kommunizieren.

Während sie den Darbietungen auf der Bühne folgten, plätscherte ihre Unterhaltung leicht dahin. Er erzählte von einer anstrengenden Autofahrt, die er im Schneesturm von Süddeutschland kommend - wo er Gast einer Opernpremiere gewesen war - vor zwei Tagen hinter sich gebracht hatte. Er sprach von einem Theaterstück, das er unter der Intendanz von Gustaf Gründgens in Düsseldorf gesehen hatte und von einem Buch mit dem Titel „Stiller" von Max Frisch, das im letzten Jahr erschienen war. Dazwischen fragte er Angelika nach ihren Interessen und Vorlieben, und als die große Uhr über der Theke Mitternacht anzeigte, prostete er ihr zu, küsste sie leicht auf die Lippen und führte sie zur Tanzfläche.

Gegen 2.00 Uhr zahlte er die Rechnung und bat sie, ihn zu begleiten. Sie steuerten jedoch nicht – wie Angelika erwartet hatte – das Hotel Astra an, sondern er rief ein Taxi und fuhr mit ihr zum Hotel Handelshof, wo er an der Rezeption seinen Schlüssel in Empfang nahm und sie zu dem Eckzimmer, das er gemietet hatte, führte.

Kapitel 10

Zwei Wochen nach Silvester kam Bertram wieder in die Pony-Bar. Er setzte sich an einen freien Tisch und winkte Angelika zu sich. Wieder bestellte er Champagner und unterhielt sich mit ihr. Sie stellte fest, dass sie ihre Scheu verloren hatte und offener mit ihm sprechen konnte als beim letzten Mal. Kurz vor Mitternacht fragte er sie, ob sie mit dem gleichen Agreement wie an Silvester einverstanden sei, und als sie bejahte, brachen sie auf. Wieder verbrachte sie die Nacht im Eckzimmer des Handelshofs. Sie entfernte sich am nächsten Morgen leise und ohne ein weiteres Wort, da er noch zu schlafen schien.

Auch dieses Mal hatte er ihr 200 Mark gegeben, worüber sie sehr froh war, da sie befürchtete, Jochen werde ihr wieder mehr als die üblichen 25 Mark berechnen, da sie kein Zimmer in seinem Hotel benutzt hatte, er sich also um diese Zusatzeinnahme gebracht sah. Und richtig. Als sie am Abend ihren Dienst antrat, forderte er 50 Mark von ihr. Sie gab sie ihm widerstrebend, wusste sie doch, dass ihr keine Wahl blieb.

Am Samstag derselben Woche besuchte Bertram erneut die Bar, und als sie an seinem Tisch Platz nahm, eröffnete er ihr, er wolle ihr ein Angebot machen, jedoch nicht hier. Er ließ Jochen rufen und fragte unumwunden, was es kosten würde, wenn er Angelika für den Rest des Abends „mieten" würde. Bevor dieser antworten konnte, sagte Bertram zu Angelika:

„Ich nehme an, du möchtest dich noch ein wenig frisch machen, während wir das Geschäftliche besprechen."

Sie verstand, nahm ihre Tasche und verschwand im Waschraum.

„Also?" fragte Bertram und Jochen antwortete mit gespielt freundlichem Lächeln:

„200 Mark, aber bei Ihnen gebe ich mich auch mit 100 zufrieden."

Ohne die Miene zu verziehen, zog Bertram 200 Mark aus der Tasche und ließ sie auf den Tisch fallen. Dann rief er einem der Mädchen zu, sie möge Angelika ausrichten, er warte vor der Tür in seinem Wagen.

Schweigend fuhren sie los, allerdings nicht in Richtung Handelshof sondern an den Grüngürtel der Stadt. Dort, vor einem nicht sehr großen, jedoch frisch getünchten Haus, hielt Bertram den Wagen an.

Wenig später befanden sie sich in einer gemütlichen Gaststube, in der es verführerisch duftete. Bertram bestellte für sie beide ein Abendessen und fragte die Kellnerin, welcher Kuchen denn heute zum Dessert angeboten würde.

„Gedeckter Apfelkuchen" antwortete sie und Bertram schmunzelte.

„Darauf freue ich mich ganz besonders" sagte er. Auch die Kellnerin lächelte jetzt breit.

„Wieder mit flüssigem Schlagrahm?" fragte sie, und er nickte.

Nachdem sie den Tisch verlassen hatte, fragte Angelika: „Was für ein Angebot wolltest du mir machen?"

Er tätschelte ihre Hand. „Gedulde dich bis nach dem Essen, meine Liebe. Wir haben noch viel Zeit heute Nacht."

Angelika musste zugeben, dass sie selten etwas so Schmackhaftes gegessen hatte. Sie genoss auch den Apfelkuchen mit der lauwarmen flüssigen Sahne bis zum letzten Krümel und freute sich besonders über die Tasse echten Bohnenkaffee, der zum Kuchen serviert wurde.

Dann, bei einem Glas Wein, der im Licht des Kaminfeuers golden funkelte, und durchzogen von der Wärme des offenen Feuers, lehnte sie sich wohlig zurück und sah Bertram an. Er blickte ihr eine Zeitlang in die Augen, dann fragte er:

„Was sind deine Träume, Angelika. Bitte antworte mir ehrlich."

Sie dachte eine Weile nach.

„Diesen Augenblick, in dem ich mich wohl fühle wie selten, so lange wie möglich auszudehnen."

Ernster fuhr sie fort: „Ich wünsche mir, keine Geldsorgen mehr zu haben, einen Beruf, der mich ausfüllt und der mir Spaß macht, ein kleines bisschen Luxus und die Möglichkeit, Auto fahren und Fremdsprachen zu lernen. Eines Tages möchte ich wieder nach Asien zu reisen.

Ach ja, Theater spielen möchte ich auch noch. Ganz schön viel, nicht wahr?" schloss sie ihre Ausführungen.

Bertram sah sie wieder aufmerksam an: „Ich vermisse den Wunsch nach einem Ehemann und ein paar Kindern."

Ohne einen Augenblick zu zögern sagte sie: „Diesen Wunsch habe ich nicht."

Er bestellte noch einmal ein Glas Wein und sagte dann ruhig: „Das ist gut, denn eine Ehe könnte ich dir nicht anbieten. Ich bin verheiratet. Was ich dir anbieten kann, ist ein Beruf, der dich fordert, den kleinen Luxus und die Möglichkeit Auto fahren zu lernen."

Verblüfft sah Angelika ihn an: „Du machst Scherze, nicht wahr?"

„Nein" sagte Bertram, „es ist mein vollster Ernst. Hör mir jetzt bitte gut zu.

Ich bin ein Geschäftsmann, der mehrere Unternehmen leitet. Darüber hinaus habe ich eine Frau und zwei erwachsene Söhne, die sich leider nicht für meine Firma interessieren, weshalb ich gezwungen bin, alle Arbeit allein zu bewältigen.

Was ich brauche, ist eine Kraft, die mich entlastete" – und nach einer kurzen Pause mit einem spitzbübischen Grinsen in den Auge - „und mir außerdem den Alltag versüßt. Du gefällst mir und ich bin gerne mit dir zusammen. Dumm bist du auch nicht. Deswegen denke ich, alles was du noch wissen musst, bringe ich dir bei. Dafür bezahle ich dir ein reguläres Gehalt. Darüber hinaus erhältst du eine kleine Wohnung und die Möglichkeit, Auto fahren zu lernen. Im Gegenzug hältst du nur noch für mich die besonders schönen Stunden bereit. Was sagst du dazu?"

Angelika strahlte: „Das hört sich wunderbar an, allerdings wird Jochen mich nicht so einfach gehen lassen. Erstens aus Prinzip nicht und zweitens, weil ich ihm noch Geld schulde."

„Wie viel?" fragte Bertram. Angelika rechnete schnell im Kopf nach. Bei Lex hatte sie keine Schulden mehr, bei Jochen müssten es noch rund 800 Mark plus Zinsen sein.

„Ungefähr 1000 Mark" sagte sie.

Bertram nickte. „Das lässt sich machen."

Er verlangte die Rechnung und sagte: „Ich bringe dich jetzt nach Hause. Morgen früh, so gegen 11.00 Uhr, hole ich dich wieder ab. Dann sehen wir uns meine Unternehmen an und die Wohnung, die ich für dich habe, ebenso wie das Büro, in dem du künftig arbeiten wirst. Sollte dir alles zusagen, fahren wir wieder zu deiner Wohnung und holen deine Sachen ab. Den Rest erledigt mein Freund und Studienkollege Werner Kerr." Als er Angelikas fragenden Blick bemerkte fügte er hinzu: „Er ist Anwalt."

Vor ihrem Haus fragte sie ihn, ob er noch mit hinein kommen wolle, aber er lehnte ab und sagte als sie ausstieg: „Morgen um 11.00 Uhr." Er wartete, bis sie die Haustür aufgeschlossen hatte, und fuhr dann ab.

Kaum hatte Angelika die Haustür hinter sich geschlossen, spürte sie einen harten Schlag, der sie im Gesicht traf. Benommen vom Schmerz hörte sie Lex's wütendes Zischen: „Seit wann habe ich dir erlaubt, dich außerhalb mit irgendwelchen Kerlen herumzutreiben?" Er schlug sie erneut und sie schrie auf. Schnell presste er ihr die Hand auf den Mund, aber es gelang ihr, ihn zu beißen, und jetzt war es an ihm aufzuschreien. Angelika entwand sich seinem Griff und sagte ruhig, laut und deutlich: „Rührst du mich noch einmal an, schreie ich das ganze Haus zusammen und hetze dir die Bullen auf den Hals. Du hast seit mehr als einem Vierteljahr dein Geld, was also willst du noch?"

Schon vor langer Zeit hatte er aufgehört, sie „mein Mädchen" zu nennen und Helga, die wie immer alles wusste und jeden kannte, sagte abfällig: „Er ist einfach nur ein dreckiger Zuhälter, der für Jochen arbeitet."

„Du hörst von mir", zischte Lex und wandte sich zum Ausgang, da in den oberen Etagen bereits die ersten Türen geöffnet wurden. Schnell schloss Angelika die Wohnungstür auf und gelangte im Dunkeln in ihr Zimmer. Dort ließ sie sich auf das Bett fallen. Sie fühlte gar nichts, selbst das Brennen im Gesicht, das von den Schlägen herrührte, verspürte sie nur wie durch Watte. Mechanisch zog sie sich aus und kroch unter das Oberbett. Kurze Zeit später hatte der Schlaf sie übermannt.

Kapitel 11

Am nächsten Morgen sah Bertram sofort die Spuren der nächtlichen Auseinandersetzung in Angelikas Gesicht. Sein Blick wurde zornig und er fragte nur:

„Wer?"

„Lex" antwortete Angelika leise. Er nickte, ließ sie in den Wagen einsteigen und fuhr los. Er hielt kurz an einer Apotheke und kam dann mit ein paar Päckchen in der Hand wieder heraus. Er reichte ihr die kühle und abschwellende Salbe. Daraufhin fuhren sie weiter, bis sie die Schnellstraße nach Düsseldorf erreicht hatten. Nahe der Innenstadt hielt Bertram den Wagen an. Sie stiegen aus und gingen ein paar Schritte, bis sie zu einem großen Gebäude mit eindrucksvollem Entree kamen. Hier befand sich im Erdgeschoss ein Varieté, darüber in der ersten Etage ein Speiselokal. Seitlich schloss sich ein kleineres Gebäude an, das wie ein Wohnhaus aussah.

Bertram führte Angelika durch das Hauptportal, das er mit zwei unterschiedlichen Schlüsseln geöffnet hatte. Durch ein Foyer gelangten sie in den Gastraum, der Platz für wenigstens 120 Besucher bot und an dessen Ende sich eine halbrunde Bühne anschloss. Neben der Bühne befanden sich ein Konzertflügel und noch einige andere Instrumente, die jedoch durch weißen Stoff verhüllt waren. An der linken Seite des langen Raumes befand sich die Bar, deren Rückseite verspiegelt war, und deren Regale die Menge der unterschiedlichen Flaschen kaum zu tragen vermochte. Die vorherrschende Farbe in diesem Raum war ein dunkel-samtiges Blau.

Auf der rechten Seite zwischen dem Foyer und dem Eingang zum Gastraum führte eine Treppe mit Teppich belegten Stufen nach oben. Dort öffnete sich vor ihnen ein weiterer Gastraum, hell und freundlich, mit großen Fenstern und einem schwarz-weiß gefliesten Boden. Die Tische trugen samt und sonders weiße Tischdecken und dunkelrote Kerzen in silbernen Haltern.

„Dies ist der Speisesaal" sagte Bertram nicht ohne Stolz. „Wir haben hier nicht nur eine gediegene und einnehmende Atmosphäre geschaffen, sondern mit unserem Chefkoch auch noch das große Los gezogen. Hierher kommen am Wochenende Menschen aus der gesamten Region. Und nicht nur das, sogar aus Rheinland-Pfalz und dem Saarland reisen unsere Gäste an."

Nach kurzem Zögern fügte er hinzu. „Ebenso begehrt sind Plätze in meinem Varieté. Wir kaufen Künstler und Künstlerinnen aus den Nachbarländern ein und unsere Service-Damen sind allesamt Spezialisten."

Als er Angelikas fragenden Blick bemerkte schob er sie zu einem Stuhl, nahm selbst ihr gegenüber Platz und beobachtete sie genau, als er fortfuhr:

„Sicher hast du das Haus nebenan bemerkt. Es besitzt 8 Zimmer und in jedem dieser Räume arbeitet eine Service-Kraft. Wir nennen hier die Mädchen so, da das Haus nur Gästen mit gehobenen – und manchmal sehr speziellen – Ansprüchen zur Verfügung steht."

Er sah ein kurzes Zucken in Angelikas Augen und beeilte sich zu sagen: „Nein, das ist nicht die Art Arbeit, die ich dir anbiete. Hab keine Sorge. Aber für deine Arbeit musst du diese Dinge wissen. Also jedes meiner Mädchen verkörpert einen bestimmten Typ. Es gibt zum Beispiel die Krankenschwester, die Schülerin, die Nonne usw. Wenn uns ein Mädchen verlässt, ändert sich schon manchmal ein "Charakter". Bis vor wenigen Monaten gab es bei uns ein farbiges Mädchen, das wie Josefine Baker mit Bananen an den Hüften die Gäste empfing. Sie hat uns leider verlassen und für sie haben wir jetzt Karoline aufgenommen, die im Nonnenkostüm arbeitet."

Er berührte sie am Arm und bedeutete ihr, ihm zu folgen. Sie verließen den Speisesaal und gingen zurück in den Varietéraum. Auf der anderen Seite der Bühne, den Instrumenten gegenüber führte eine Tür über eine beleuchtete Treppe in den Keller. Der Gang wand sich nach links und mündete nach etwa 20 Metern wieder in eine Treppe. Als sie diese erklommen hatten, standen sie in einem gemütlichen Raum, der mit mehreren gepolsterten Sitzgelegenheiten ausgestattet war. In einer Ecke befand sich eine kleine Bar, daneben stand eine Musiktruhe. Mehrere Spiegel in golden lackierten Holzrahmen verzierten den Raum.

Bertram zeigte auf die Tür, durch die sie gekommen waren und sie folgten der Treppe nach oben, wo sich ein Gang mit mehreren Türen erstreckte. Bertram öffnete die erste Tür und Angelika blickte in die Miniaturausgabe eines Krankenzimmers.

„Dies ist das Betätigungsfeld unserer Krankenschwester", erklärte Bertram. Er öffnete noch weitere Türen und an der Art der Einrichtung konnte Angelika unschwer erkennen, welcher Charakter zu den einzelnen Zimmern gehörte.

Nachdem sie alles inspiziert hatten, fuhren sie nach Urdenbach. Dort hielten sie vor einem vornehmen mehrstöckigen Haus. In der zweiten Etage schloss Bertram wieder eine Tür auf und Angelika fand sich in einem kleinen ordentlichen Büro wieder. Zwei Schreibtische, eine Schreibmaschine, eine Rechenmaschine, zwei Aktenschränke, mehrere Stühle und eine kleine Kommode bildeten die Einrichtung. Seitlich führte ein kurzer Gang, der mit einem Küchenschrank und einem Zweiflammkocher bestückt war zu einer Tür. Die Tür, die von der Diele abging, führte vermutlich zu einem Badezimmer. Also fragte Angelika:

„Wohin führt die Tür" und sie deutete auf das Ende des kurzen Ganges.

„In dein neues Heim" lautete die Antwort. Ehe Angelika reagieren konnte, erklärte ihr Bertram:

„Von dieser Seite aus ist die Tür verschlossen. Nur ich besitze den Schlüssel. Von der anderen Seite kann die Tür mit Riegeln verschlossen werden. Das hat folgenden Grund. Wenn du die Wohnung nebenan beziehst, wirst du sie stets über das Treppenhaus verlassen und das Büro ebenfalls über das Treppenhaus betreten. Dies ist ein anständiges Haus und wie immer in solchen Häusern sind die Mieter sehr wachsam." Angelika entging die Ironie keineswegs, aber sie schwieg.

Bertram fuhr fort.

„Wenn ich mit dir allein sein will, wirst du ganz offiziell das Büro verlassen und in deine Wohnung gehen. Ich komme über die Verbindungstür zu dir und verlasse dich in gleicher Weise. So sind wir beide vor Gerede geschützt. Ist das für dich akzeptabel?"

Angelika nickte nur und fragte: „Darf ich mir die Wohnung jetzt ansehen?"

Von dem kleinen Flur aus auf der rechten Seite befand sich die Küche. An ihrem hinteren Ende sah Angelika eine Tür, die sie im ersten Moment für den Zugang zu einer Speisekammer hielt, bevor ihr klar wurde, dass es sich um die Verbindungstür zum Büro handeln musste.

Die nächste Tür vom Flur aus führte in ein Wohnzimmer, das mit 3 weinroten Sesseln, einem schwarzen Nierentisch, einem Wohnzimmerschrank und einem Sideboard aus lackiertem Holz eingerichtet war und gemütlich wirkte. Gegenüber auf der anderen Seite des Ganges lag das Schlafzimmer mit Kleiderschrank, Doppelbett und Nachtkonsolen und hinter der nächsten Tür, die links von der Eingangstür lag, befand sich das Badezimmer. Hier gab es auch eine Badewanne, ein Waschbecken und eine Toilette. Es war in etwa so groß wie ihr Badezimmer in Mechthilds Wohnung, doch strahlte hier alles eine gewisse Gediegenheit aus. Ob es am Kristallspiegel über dem Waschbecken, den modernen Wasserhähnen oder an den glasierten Bodenfliesen lag, hätte Angelika nicht sagen können. Eins war jedoch klar: Diese Wohnung hatte vor ihr schon jemand mit genau diesem Mobiliar bewohnt. Sie drehte sich zu Bertram um, der ihr gefolgt war und fragte:

„Wessen Wohnung ist das?"

„Meine. Sie gehört zum Büro und wurde bis vor ein paar Monaten von der früheren Sekretärin bewohnt."

„Wenn du etwas verändert haben möchtest" fuhr er fort „lass es mich wissen."

„Es würde mir gefallen, wenn die Wände nicht weiß wären. Pastelltöne sind viel freundlicher."

„Gut. Wie möchtest du sie haben?"

„Das Wohnzimmer sollte Wände in einem ganz hellen Gelb haben und das Schlafzimmer in sehr hellem Blau oder Türkis. Ach, und im Flur und im Wohnzimmer wäre ein Läufer bzw. Teppich schön."

„Wird erledigt" sagte Bertram. und fügte leise hinzu, da er die Tür zum Treppenhaus offen gelassen hatte „komm noch mal mit hinüber ins Büro."

Dort zeigte er ihr, was sie zu tun hatte, erklärte ihr die Buchführung, ging mit ihr die Korrespondenz durch, die Bestellungen, die Arbeitsverträge mit dem Personal und fragte sie: „Hast du soweit alles verstanden?"

Angelika nickte.

Bertram sagte schließlich:

„Es ist schon fast Abend und du wirst hungrig sein. Ich hole uns im Wienerwald etwas zu Essen." Bevor sie antworten konnte, hatte er ihr die Schlüssel für ihre Wohnung in die Hand gedrückt, seine eigenen eingesteckt und verschwand im Treppenhaus.

Angelika sah in ihrem neuen Zuhause in die Küchenschränke und stellte fest, dass genug Geschirr für 4 Personen vorhanden war. Sie deckte den kleinen Tisch in der Küche und wartete. Nicht lange danach hörte sie Bertram ins Büro gehen und wenig später klopfte es leise an die Verbindungstür. Sie entfernte den Riegel und ließ ihn ein. Er gab ihr die Tüte mit den Hähnchenhälften und zog aus einer anderen Tüte zwei Flaschen Bier, die er auf den Tisch stellte. Dann nahm er Angelika gegenüber Platz. Während des Essens sprachen sie nicht. Als jedoch die Geflügel-Reste in der Tüte verstaut waren, fasste Bertram Angelika an den Händen und sagte:

„Morgen früh, wenn deine Mitbewohnerin das Haus verlassen hat, komme ich wieder zu dir und wir holen deine Sachen. Ist es viel?"

„Nein, nur persönliche Dinge, Kleidung, Kosmetika, ein bisschen Bettwäsche, ein paar Bücher..."

„Gut" sagte Bertram. „Dann lass uns jetzt fahren. Dies wird dein letzter Abend in der Pony-Bar sein. Lass dir nichts anmerken."

„Kommst du heute noch in die Bar?" fragte Angelika. Bertrams Antwort war ein Kopfschütteln. Er setzte sie zwei Straßen vor ihrer Wohnung ab und winkte ihr im Abfahren zu.

Am nächsten Morgen holte er sie wie versprochen ab, packte ihre Koffer und Taschen in sein Auto und fuhr mit ihr nach Urdenbach. Während der Fahrt sagte er: „Wir fahren zuerst in den Supermarkt und bringen dann alles in deine neue Wohnung. Danach fahre ich dich zum Frisör. Der erste Salon hier ist Schürmann. Dort wird man deine Haarfarbe verändern und dir einen anderen Schnitt verpassen. Und jetzt das Wichtigste. Du wirst niemals in einem meiner Unternehmen persönlich erscheinen und du wirst niemals innerhalb der nächsten 6 Monate nach Essen fahren. Diese Anordnung geschieht zu deiner eigenen Sicherheit. Habe ich mich klar ausgedrückt?"

Angelika nickte.

Etwas milder fuhr Bertram fort: „In der Branche herrscht eine gewisse Geschwätzigkeit und wenn du in meinem Restaurant oder im Varieté gesehen würdest, würde es Jochen nicht schwerfallen, dich zu finden. Und eins ist sicher, er wird ganz schön sauer sein, auch wenn er sein Geld bekommt. Aber solange wir ihn im Glauben lassen, ich hätte dich für ein anderes Bordell angeworben, wird er in dieser Richtung weitersuchen. Von diesem Büro wissen meine Geschäftspartner nichts. Nur meine Familie weißt davon, aber die interessiert diese Tatsache nicht. Ach ja, melde dich am Telefon immer nur mit dem Firmennamen, nie mit deinem eigenen. Das gilt natürlich nur, wenn ein Anruf eingeht.

Nach Essen darfst du deswegen nicht fahren, weil einer deiner Gäste oder eine deiner Kolleginnen dich rein zufällig sehen könnten, und dies würde wiederum ein Risiko für dich darstellen. Als bleib hier im Viertel. Zum Schluss noch dein Gehalt. Es ist nicht sehr hoch, aber dafür wirst du mietfrei wohnen, und ich bezahle deine Fahrstunden." Mit einem Augenzwinkern fügte er hinzu:

„In bar werden nur deine Bürostunden abgegolten. Du bist meine Liaison, meine Affäre, meine

Geliebte oder wie immer man es nennen will, nicht jedoch meine Hure, merk dir das."

Wieder nickte Angelika und mit einem verschmitzten Lächeln sagte sie: „Jawohl Chef."

Kapitel 12

Der Sommer 1956 war alles andere als ein Mustersommer. Er war kühl und viele Schlechtwettergebiete zogen durch Deutschland, so dass nur wenige Tage dazu einluden, einen langen Spaziergang oder gar einen Ausflug ins ländliche Monheim zu machen. Angelika, deren Lebens-Rhythmus sich wieder normalisiert hatte – sie arbeitete über Tag und schlief nachts – hatte sich auf warme Abende gefreut, an denen sie durch das Dorf spazieren und vielleicht das eine oder andere Gespräch führen konnte. Stattdessen saß sie die meiste Zeit zu Hause und las oder hörte Musik aus dem kleinen Radio. Ihre Fahrstunden hatte sie bereits absolviert und die Fahrlizenz ohne große Probleme erhalten. Nun sparte sie eisern für ein eigenes Auto.

In Essen war sie seit ihrem Auszug nicht mehr gewesen. Sie trug jetzt wieder Röcke und Kleider und toupierte ihre wieder goldblonden Haare der Mode entsprechend. Auch ging sie ohne Make up, von einer leichten Betonung ihrer Augen abgesehen. Diese schlanke junge, sehr weiblich wirkende Frau hatte nichts mehr gemein mit dem schwarz-haarigen, südländisch wirkenden androgynen Wesen, das sie in Essen gewesen war.

Angelikas Tagesablauf war klar strukturiert. Bevor Bertram ins Büro kam, hatte sie die Post und die Kontoauszüge geholt, die Unterschriftenmappe bereit gelegt, frische Brötchen besorgt und Kaffee gekocht. Selten kam Bertram vor 11.00 Uhr, da er häufig bis spät in die Nacht in seinem Geschäft weilte. War die Büroarbeit erledigt,

trafen sie sich mindestens zweimal wöchentlich in Angelikas Wohnung bevor Bertram wieder abfuhr. Angelika erledigte die restlichen anfallenden Aufgaben und schloss dann das Büro. Ihre Abende verbrachte sie in aller Regel allein, da Bertram, wenn er nicht geschäftlich unterwegs war, zu Hause bei seiner Familie blieb, aber sie beklagte sich nicht. Allein zu sein, war für sie mehr Privileg als dass es ihr unangenehm gewesen wäre.

Eines Nachmittags, als sie in Angelikas Schlafzimmer lagen und das Spiel von Licht und Schatten an der Zimmerdecke verfolgten, sagte Bertram unvermittelt:

„Ich glaube, ich werde alt. Seit Montag schon wollte ich dir etwas sagen, und immer wieder habe ich es vergessen. Als wir uns kennenlernten, sagtest du mir, du möchtest Theater spielen. Hast du diesen Wunsch noch immer?"

„Oh ja, sehr sogar."

„Gut. Dann geh doch am Freitagabend mal zur alten Mühle. Wie mir Werner vom Edeka-Laden gesagt hat, probt dort eine Horde schauspielwütiger Amateure ein neues Stück ein. Vielleicht wäre das etwas für dich?"

Angelika küsste ihn spontan: „Ich danke dir. Natürlich werde ich hingehen und es wäre doch gelacht, wenn ich da nicht eine Rolle – und sei sie noch so klein – ergattern könnte."

Kapitel 13

Angelika betrat den großen Raum im Erdgeschoss nicht allzu forsch. Es war kalt und zugig hier und an der nackten Wand waren Spuren von Nässe zu sehen. Hinten in der Ecke bollerte ein Ofen, um den sich ein paar Leute gruppiert hatten. Sie näherte sich langsam und musterte verstohlen die Anwesenden. Es waren ein junger Mann, nur wenig älter als sie selbst, mit blonden Locken, ein jüngerer Mann, der die dunklen Haare kurz geschoren trug, eine junge Frau mit ebenfalls dunklen Haaren und eine ältere Frau mit schlecht gefärbtem roten Haar.

„Guten Abend" sagte sie, „ich bin Angelika. Werner schickt mich. Ich soll nach Jürgen fragen." Der blonde Mann stand auf und reichte ihr die Hand.

„Ich bin Jürgen" sagte er und das sind – er deutete auf die ältere Frau – Bri", und auf die anderen beiden deutend „und das sind Karo und Mano. Hast du schon einmal Theater gespielt?"

Angelika nickte. „In der Schule."

„Gut" sagte Jürgen „wir warten noch auf die anderen, dann wollen wir mal sehen, was du aus der Schulzeit behalten hast."

Wenig später kamen die anderen. Ein älterer Mann, der sich als Seppo vorstellte, eine junge Frau, die sich Chris nannte und ein Bär von einem Mann, der Dolph gerufen wurde, und dessen Alter schwer einschätzbar war.

„Wie du wahrscheinlich bemerkt hast" sagte Jürgen „benutzen hier alle die Kurzform ihrer jeweiligen Namen. Wie willst du genannt werden? Geli finde ich zu brav. Was hältst du von Lika?"

Angelika nickte. „Ist mir Recht" sagte sie.

Jürgen kramte in einem Stapel Papier, der vor ihm lag, und gab ihr ein Blatt.

„Lies das vor" sagte er.

Sie überflog die Zeilen und begann:

Du hast ein dunkles Lied mit meinem Blut geschrieben, seitdem ist meine Seele jubellahm. Du hast mich aus dem Rosenparadies vertrieben, ich musst sie lassen, Alle, die mich lieben. Gleich einem Vagabund jagt mich der Gram.

Jürgen unterbrach sie: „Das Gedicht ist von Else Lasker-Schüler und heißt Morituri, was übersetzt so viel wie „die dem Tode Geweihten" bedeutet. Du hast eine klare und deutliche Aussprache, aber die Autorin wäre entsetzt, wenn sie hören könnte, mit wie wenig Gefühl du diese Zeilen liest. Bitte weiter – und mit mehr Gefühl!"

Angelika fuhr fort:

Und in den Nächten, wenn die Rosen singen, dann brütet still der Tod – ich weiß nicht was -. Ich möchte dir mein wehes Herze bringen, den bangen Zweifel und mein mühsam Ringen. Und alles Kranke und den Hass!

Als sie geendet hatte, machte Jürgen nur „hm". Dann fragte er: „Wann bist du geboren?"

Sie überlegte kurz und sagte dann, sich an die Daten in ihrem neuen Ausweis erinnernd. „Juni 30.“

„Dann warst du bei Kriegsende 15 Jahre, richtig? Und dann hast du die Schrecken, die Angst, den Kummer, die Not schon bewusst erlebt. Ich vermisse diese Erfahrung in deinem Ausdruck. Du musst lernen, Gefühle in deiner Stimme auszudrücken. Da haben wir noch ein Stück Arbeit vor uns. Bist du dazu bereit?“

Sie nickte stumm und sah in die Gesichter der anderen, aber keiner sah sie verächtlich oder herablassend an. Bri nickte ihr sogar aufmunternd zu.

Jürgen schob ihr einen Stuhl hin und sagte: „Also gut, fangen wir an. Wir wollen Schillers Johanna einstudieren. Ich habe das Stück gekürzt und so verändert, dass nur die Hauptpersonen zum Zuge kommen. Die drei Frauenrollen gehen an Chris als Johanna, Karo als Agnes Sorel und Bri als Königin Isabeau. Lika übernimmt die Rolle einer Schwester von Johanna. Jeder von uns Männern wird zwei Rollen zu spielen haben, nämlich......

Angelika hörte nicht mehr zu. Sie hing ihren eigenen Gedanken nach. Seitdem sie sich neu erfunden hatte, war es ihr gelungen, die jeweilige Vergangenheit zu verdrängen, die schönen wie die schrecklichen Erfahrungen, die sie gemacht hatte. Ihre jetzige Identität, die der Kontoristin eines „Gastronomie-Unternehmers“ hatte noch keine Erfahrungen. Sie existierte, aber sie lebte nicht. Hoffentlich würde es ihr gelingen, dieses Manko auszugleichen, zumindest auf der Bühne so zu tun als ob.

Mano stieß sie an: „Hallo, träumst du?" Sie schreckte hoch. „Ich habe über Jürgens Worte nachgedacht" entgegnete sie.

„Und dabei seine Frage an dich nicht mitbekommen" feixte Mano.

„Entschuldigung" sagte sie und Jürgen wiederholte: „Kannst du nähen?" Sie bejahte.

„Das ist gut" sagte er, wir machen nämlich unsere Kostüme selbst. Und die Kulisse, also das Bühnenbild auch, aber das ist der Teil, den wir Männer erledigen.

Dann begannen sie die verteilten Rollen zu lesen und „Lika" las die Regieanweisungen.

Später kochten sie auf dem Ofen Malzkaffee, um sich aufzuwärmen. Kurz nach 22.00 Uhr war Schluss. Als sie sich zum Gehen wandte, fragte Bri: „Was machst du so? Arbeitest du?"

„Ich arbeite als Kontoristin."

„Na ja" sagte Brie „zum Ende hin proben wir fast jeden Tag, immer ab halb Sieben Uhr abends. Und so oft es geht, kommen wir zusammen wegen des Bühnenbildes und der Kostüme. Aber die kann jeder von uns auch zu Hause nähen. Wird schon klappen" schloss sie. „Tschüss, bis Sonntag."

Angelika überlegte, ob sie nach Hause laufen sollte, aber das Wetter ließ diesen Gedanken nicht sehr verlockend erscheinen, und so lief sie zur Haltestelle und wartete auf den Bus, der wenig später kam. Dennoch erreichte sie völlig durchnässt ihre Wohnung. Sie gönnte sich noch ein heißes Bad. Noch konnte sie nicht sagen, ob ihr die Truppe gefiel. Aber am Sonntag würde sie auf jeden Fall wieder hingehen.

Kapitel 14

Ihren 30. Geburtstag – wenn man von ihrem Pass ausging, in Wirklichkeit war es der 32. – verbrachte sie mit Bertram. Sie fuhren nach Königswinter, aßen in einem netten kleinen Lokal zu Mittag und gingen dann am Rhein spazieren. Er war nun fast 60 Jahre alt und Angelika bemerkte seit einiger Zeit, dass das Alter seinen Tribut von ihm forderte. Seine Geschäfte gingen nach wie vor hervorragend. Er investierte in Grundstücke, die er günstig erwerben konnte und hatte sowohl das Restaurant als auch das Varietee weiter ausgebaut. Der Ruf seiner „Service-Damen" lockte immer neue gutsituierte Gäste an und Angelika, die über seine finanzielle Situation informiert war, fragte sich, wann er das Geld, das er besaß, endlich für sich nutzen wollte. Ihr gegenüber war er sehr großzügig, beschenkte sie mit Kleidung und Schmuck, hatte ihr die Anschaffung eines Autos ermöglicht und auch die Einrichtung ihrer Wohnung mit neuen und wertvollen Stücken verändert. Da sie von ihrem Gehalt kaum etwas ausgab, von Kosten für Ernährung und Pflege einmal abgesehen, hatte sich ihr Sparbuch nach und nach gefüllt.

Die Zeit in der Pony-Bar hatte ihr einen gewissen Erfahrungsschatz beschert, den sie anwandte, um ihm die Stunden mit ihr zu versüßen, aber immer öfter kam es vor, dass er nur bei ihr lag und sich unterhielt. Ein Umstand, der sie manchmal mit Sorge erfüllte. Wenn er keinen

Bedarf an ihrer Gesellschaft mehr hatte, was wäre die Konsequenz?

Sie steuerten eine Bank am Rheinufer an und setzten sich. Er sah über das Wasser und sagte:

„Ich möchte dich etwas fragen. Du weißt, dass deine Meinung mir wichtig ist. Meine Frau und meine Kinder waren nie an meinem Unternehmen interessiert, wiewohl sie die finanziellen Vorteile durchaus zu schätzen wissen. Mein Ältester ist Anwalt geworden, mein jüngerer Sohn ist Bankkaufmann. Ich selbst bin jetzt in einem Alter, wo das nächtelange Aufbleiben an die Substanz geht. Natürlich könnte ich das Geschäft einem oder mehreren Geschäftsführern überlassen, aber in dieser Branche ist es notwendig, selbst präsent zu sein, sonst wird man ganz schnell hintergangen.

Um es kurz zu machen: Ich habe mir überlegt, das Geschäft zu verkaufen und mich mehr oder weniger ins Privatleben zurück zu ziehen. Das Büro werde ich selbstverständlich behalten und mich von dort aus um meine Grundstücke kümmern. Allerdings würde es reichen, wenn ich zwei oder drei Tage in der Woche ins Büro und zu dir käme. Was hältst du davon?"

Angelika überlegte kurz, dann nickte sie:

„Ich denke, es wäre gut, wenn du etwas mehr Ruhe hättest als bisher. Du hast so viel gearbeitet, dass du jetzt die Früchte dieser Arbeit genießen solltest."

Er umarmte sie und sagte leise.

„Es erleichtert mich ungemein, dass du die Dinge so siehst. Natürlich kann ich künftig nicht erwarten, dass du nur zu Hause sitzt und auf mich wartest. Möchtest du, dass ich dir helfe, ein kleines Geschäft zu eröffnen?"

Sie schüttelte den Kopf.

„Du hast genug für mich getan, und wenn es soweit ist, dass du dein Geschäft verkauft hast, kann ich mir immer noch überlegen, was ich machen werde."

„Wahrscheinlich wunderst du dich, dass ich außer dem Rosenstrauß heute Morgen kein Geschenk für dich hatte" fuhr er fort. „Zum ersten Mal, seit wir uns kennen, habe ich gestern meine eigene Regel gebrochen und dir einen Betrag auf dein Sparbuch überwiesen, weil ich glaube, du hast an Kleidung und Schmuck mehr als du brauchst. Aber vielleicht möchtest du dir einmal eine Reise oder ein neues Auto gönnen. Ich hoffe, du verstehst diesen Schritt meinerseits nicht falsch."

Angelika lachte.

„Bertram, wir kennen uns nun wirklich lange genug, um solche Missverständnisse ausschließen zu können. Ich danke dir und freu mich sehr darüber. Der Gedanke mit der Reise ist großartig. Vielleicht fahre ich im nächsten Jahr einmal nach Italien."

Er tätschelte ihre Schulter. Dann fragte er: „Was macht euer neues Theaterprojekt?"

„Wir spielen „Die ehrbare Dirne" von Sartre und ich bekam die Rolle der Lizzie" antwortete sie stolz. Bertram sah sie irritiert an.

„Heißt das, dass du eine Dirne spielst?" fragte er und ein gelindes Entsetzen in seiner Stimme war nicht zu überhören.

Angelika nickte. „Und nicht nur das, es finden sich noch ein paar mehr Parallelen zu meinem derzeitigen Leben. Aber sei unbesorgt. Niemand schließt heutzutage von der Rolle, die man spielt, auf den echten Charakter. Wäre es so, würde niemand einen Mörder oder anderen Verbrecher spielen wollen."

Obwohl er überzeugt war, dass diese Rolle für Angelika nicht vorteilhaft war, schwieg er, aber er versprach sich selbst im Stillen, er würde sich die Aufführung ansehen.

Später fuhren sie mit dem Wagen nach Köln, wo sie zu Abend aßen. Es war schon dunkel, als Bertram sie in der Nähe ihrer Wohnung absetzte. Ihre Frage, ob er noch mit zu ihr kommen wolle, beantwortete er mit dem Hinweis, dass sie sich am nächsten Tag sehen würden.

Als Angelika in ihrem Bett lag, beschlich sie ein ungutes Gefühl. Sie konnte sich nicht erklären, woran es lag. Der Tag war herrlich gewesen. Und dennoch zogen Gewitterwolken durch ihre Gedanken. Als von draußen der erste Donner zu hören war, dachte sie bei sich: Das ist es. Die Gewitterluft macht mich nervös. Trotzdem fand sie lange keinen Schlaf. Wieder einmal dachte sie über ihr Leben und das heute Gehörte nach.

Wenn Bertram sein Geschäft verkaufte und sich mehr seinem Privatleben widmen wollte, brauchte sie eine neue Aufgabe oder eine andere Perspektive, soviel stand fest. Sie war seit mehr als fünf Jahren bei ihm. Zeit für eine Veränderung. Aber zuerst würde sie das Theaterstück mit zur Aufführung bringen. Mano, der eigentlich Manfred hieß, diesen Namen aber schrecklich fand, spielte die Rolle des Fred. Sie freute sich auf die Proben, denn sie mochte ihn von allen am liebsten. Er hatte Geschichte und Geografie studiert und arbeitete als Lehrer. Der Beruf gefiel ihm jedoch nicht sonderlich, er träumte davon, sich die Welt anzusehen. Deswegen unterhielt er Brieffreundschaften mit Männern in verschiedenen Ländern. Seit kurzem hatte er regen schriftlichen Kontakt mit einem Collin aus Sussex. Sie merkte, wie ihre Gedanken immer weiter abschweiften, und schließlich fielen ihr die Augen zu.

Sie träumte von Italien, das sie nur aus Erzählungen und von Bildern kannte – und von Mano. Der Wecker riss sie aus ihren schönsten Träumen. Später, als sie bereits im Büro saß überlegte sie, ob Mano für sie mehr als nur ein Freund sein könnte. Aber dann schob sie den Gedanken zur Seite und sichtete die Post und die Auszüge. Ein Blick auf die Uhr belehrte sie, dass Bertram heute spät kommen würde. Der Kaffee stand schon eine halbe Stunde in der

Kanne und war vermutlich nur noch lauwarm. Als die Kirchturmuhr zu Mittag schlug, war Bertram immer noch nicht aufgetaucht.

Am frühen Nachmittag ging die Türglocke. Angelika öffnete und sah sich einem jungen Mann gegenüber, der einen verwirrten Eindruck machte und sie misstrauisch musterte.

„Sind sie Frau Ostrowski?" fragte er und Angelika bejahte.

„Ich bin Gregor Schilling" sagte der Mann. „Sie haben sicher meinen Vater erwartet."

Wieder nickte Angelika.

„Mein Vater ist heute Nacht verstorben" sagte Gregor und Tränen traten in seine Augen.

Angelika sah ihn verstört an. „Aber das kann doch nicht.... ich meine, das ist.....es tut mir leid" brachte sie schließlich hervor und auch sie konnte die Tränen nicht zurück halten. Sie senkte den Kopf.

Gregor ging zur Tür und sprach mit abgewandtem Gesicht:

„Ich wollte Ihnen nur Bescheid sagen. Ich muss mich jetzt um meine Mutter kümmern. Wir melden uns wieder."

Und dann fiel hinter ihm die Tür ins Schloss.

Kapitel 15

Angelika erfuhr aus der Zeitung, wann und wo Bertram beerdigt werden würde. Sie beschloss hinzugehen, jedoch nach Möglichkeit so gut getarnt, dass weder jemand aus der Familie noch eventuelle Geschäftsfreunde sie erkennen würden. Sie hatte wie jeden Morgen die Post und die Auszüge abgeholt, die Zeitung durchgeblättert und Kaffee gekocht, heute allerdings nur die halbe Menge, da Bertram nicht mehr kommen würde, als die Bürotür aufgeschlossen wurde. Vor ihr stand wieder Gregor Schilling. Er hielt die Schlüssel seines Vaters in der Hand und sagte nach einem Räuspern mit betont fester Stimme:

„Die Geschäfte meines Vaters ruhen bis nach der Beerdigung. Die Geschäftsführer sind darüber informiert. Sie können hier alles liegen lassen. Wir kümmern uns später darum. Verlassen Sie jetzt bitte das Büro und geben mir die Schlüssel."

Sie sah ihn ungläubig an. „Ich soll was?"

„Mir die Schlüssel aushändigen. Wir benötigen Ihre Dienste nicht mehr."

Angelika brauchte ein paar Augenblicke um sich zu fassen. Sie trat an den Schreibtisch, an dem sie bisher immer gesessen hatte und holte die wenigen privaten Dinge wie Taschentücher, einen Lippenstift, ihren Füller und noch ein paar Kleinigkeiten heraus, entfernte den Büroschlüssel von ihrem Bund und reichte ihm Gregor.

„Ich habe einen Vertrag und eine Kündigungsfrist" sagte sie. Er nickte. „Darum kümmert sich
mein Bruder in den nächsten Tagen."

Er wartete, bis sie im Hausflur stand, dann
schloss er das Büro ab, steckte den Schlüssel in
seine Tasche und eilte die Treppen hinunter
zum Ausgang.

Angelika ging in ihre Wohnung. Die Gedanken
jagten einander in ihrem Kopf. Sie war gefeuert,
sie hatte keine Anstellung und somit keine Einnahmen mehr. Wenn sie hier nicht mehr arbeiten würde, müsste sie auch die Wohnung verlassen. Zwar hatte Bertram ihr nach dem ersten
gemeinsamen Jahr einen Untermietvertrag gegeben und die von ihr zu entrichtende Miete auf
ihr Gehalt aufgestockt, dennoch war die Wohnung an das Büro gebunden, da beides ein ein-
ziges Mietobjekt war.

Also keine Anstellung und keine Wohnung. Nein,
so nicht! Sie würde auf die Einhaltung der Kündigungsfristen bestehen. Aber was dann? Woher
so schnell eine neue Anstellung bekommen? Ein
Zimmer zu mieten, war kein so großes Problem.
Aber wohin mit ihren Sachen? In den letzten fünf
Jahren waren ihre Besitztümer gewachsen.
Auch der Inhalt ihres Kleiderschrankes ließ sich
nicht mehr in einem einzigen Koffer unterbrin-
gen. Sie sah auf die Uhr. Schon Mittag. In der
Küche überlegte sie, ob sie sich etwas zu Essen
machen sollte, als ihr Blick auf die Verbindungstür fiel. Sie erschrak.

Wenn die Familie Bertrams Schlüssel besaß, hatten sie auch den Schlüssel zu dieser Tür. Da zeichneten sich neue Probleme ab, wenn sie nicht schnell reagierte. Das Essen konnte warten. Sie lief aus dem Haus und zu ihrem Auto. Die wenigen Kilometer bis zum Manos Wohnung hatte sie schnell zurückgelegt. Sie sah ihn schon von weitem, wie er vor dem Haus sein Motorrad putzte.

Als sie aus dem Auto sprang, sah er sie verwundert an.

„Welch ein Glanz in meinem bescheidenen Umfeld" witzelte er, sah aber an ihrem ernsten Blick, dass Angelika heute dafür keinen Sinn hatte. Er besann sich und sagte:

„Ich habe in der Zeitung gelesen, dass dein Chef verstorben ist. Tut mir leid. Kann ich dir irgendwie helfen?"

Sie nickte:

„Deswegen bin ich hier. Hast du Zeit?"

„Bis zu den Proben heute Abend."

„Dann komm mit mir." Sie wies auf ihr Auto, und er wischte sich die Hände an einem Lappen ab, rollte das Motorrad in den Unterstand, der ihm als Garage diente und nahm auf dem Beifahrersitz Platz.

In ihrer Wohnung angekommen führte sie ihn in die Küche.

„Du musst mir helfen, die Küche so zu stellen, dass die Tür verdeckt ist."

„Wieso?"

„Das spielt jetzt keine Rolle. Ich erklär es dir ein anderes Mal."

Er sah sich die Einrichtung der Küche an: Küchenschrank, Kühlschrank, Gasherd, Spüle, Arbeitsfläche auf Böcken, ein Tisch, zwei Stühle.

„Wir müssen den Küchenschrank vor die Tür schieben, die Arbeitsfläche nach vorn auf die andere Seite holen und den Tisch nach hinten packen. Spüle, Herd und Kühlschrank können bleiben." Er blickte sich mit zusammengekniffenen Augen im Raum um und nickte dann. „Wird passen. Mach mal den Schrank leer. Der ist ohne Inhalt noch schwer genug."

Sie packten alles Geschirr, die Gläser und Bestecke auf den Boden im Wohnzimmer, dann schoben sie mit vereinten Kräften den Schrank vor die Tür. Mano musterte ihr Werk.

„Mist" sagte er. „Schau dir mal die Wand an." Und jetzt sah es auch Angelika. Auf der Wand war der Umriss des Schrankes als hellerer Fleck deutlich zu sehen. Mano lief zur Tür. „Bin gleich wieder da, wenn du mir dein Auto leihst" sagte er. Nahm Angelikas Schlüssel vom Tisch und verschwand. Während sie wartete, kochte sie Kaffee und bestrich ein paar Brote. Es dauerte nicht lange, da hörte sie die Schlüssel im Schloss.

Mit einem in Zeitungspapier eingewickelten Paket kam er durch die Tür, öffnete die Verpackung in der Küche und zeigte stolz weiße Binderfarbe, eine Rolle und einen Pinsel.

„Wir müssen die Wand anstreichen, damit nicht auffällt, dass der Schrank versetzt worden ist" sagte er.

„Bevor wir anfangen, iss und trink erst einmal etwas."

Beide machten sich hungrig über die Brote her. Dann starteten sie ihr Werk, das sie kurz vor Probenbeginn beendeten. Die Spuren des Schrankes waren nicht mehr zu sehen, der Schrank war wieder eingeräumt, der Boden geputzt. Angelika atmete auf.

Jürgen merkte gleich, dass Angelika angespannt war. Er ließ die Szene durchspielen, dann rief er:

„Schluss. Aus. Angelika, was ist los mit dir? Du wirkst in dieser Szene bereits resigniert, das ist viel zu früh."

„Entschuldige, ich mach es noch einmal."

„Sag mir lieber was los ist. Du bist so verändert heute."

„Ist privat."

„Na und? Sag schon, was dich beschäftigt."

„Nun, ihr habt ja vielleicht gelesen, dass mein Chef verstorben ist. Heute hat mir sein Sohn erklärt, dass ich gekündigt bin. Und das bedeutet, dass ich auch aus der Wohnung muss. Und ich bin mir nicht sicher, ob die Familie bereit ist, die Kündigungsfristen zu akzeptieren. Von einem Todesfall steht nämlich nichts im Vertrag. Und deswegen weiß ich nicht, wie es weitergeht, und das beschäftigt mich halt."

„Kann ich verstehen" sagte Jürgen. „Aber ich bin sicher, wir finden eine Lösung, nicht wahr?" Er drehte sich zu den anderen um und alle nickten.

„Wir sprechen nach der Probe darüber, ist das in Ordnung?"

Wieder ein allgemeines Nicken.

„So, Lika, dann starten wir noch einmal und jetzt bitte mit voller Konzentration."

Kapitel 16

Am Morgen der Beerdigung zog Angelika einen dunkelgrauen Trenchcoat an, steckte ihr schulterlanges Haar zu einer Banane fest und umhüllte es mit einem schwarzen Kopftuch. Wenn sie jetzt noch die Sonnenbrille aufsetzte, würde sie – davon war sie fest überzeugt – niemand erkennen.

Der Friedhof war voller Trauergäste und ihre Befürchtung, sie könne durch irgendeinen Umstand die Blicke auf sich lenken, war unbegründet. Sie suchte sich einen Platz in der vorletzten Reihe und dachte nach, da sie die Worte des Geistlichen nicht interessierten.

Jürgen hatte ihr vorgeschlagen, ihre Möbel und sonstigen Sachen einzulagern bis sie eine neue Bleibe gefunden hatte. Er bot dazu einen Raum in der Mühle an, der über eine verschließbare Tür verfügte. Bri hatte ihr angeboten, bei ihr zu wohnen, bis sie etwas Neues hatte, und Dolph versprach, bei seiner Tante, die ein ganzes – wenn auch kleines Haus – bewohnte, ein Wort für sie einzulegen, dass sie ihr das Dachgeschoss vermieten würde. Die Unterbringung war also kein unlösbares Problem.

Blieb noch die Anstellung. Sie hatte ihre eigenen Finanzen überprüft und festgestellt, dass sie in Ruhe eine passende Stelle suchen konnte, da sich ihr Vermögen einschließlich der großzügigen Spende Bertrams zu ihrem Geburtstag auf etliche tausend Mark belief. Also auch kein Grund zur Sorge. Aber was wollte sie eigentlich wirklich?

Sie war nun laut Pass 30 Jahre alt - in Wirklichkeit schon zwei Jahre älter – und hatte einige, wenn auch teilweise zweifelhafte Erfahrungen gemacht, jedoch noch nichts gesehen. Ihre Wege verliefen – von der Zeit in Sumatra abgesehen - vom Elternhaus in Augsburg über das „Exil" bei den Verwandten bis zum Ruhrgebiet. Von dort in die Einsiedelei von Heilberg. Dann wieder Essen und schließlich jetzt Düsseldorf. Abgesehen von ein paar Ausflügen in die Umgebung bis Wiesbaden bzw. Königswinter und Mayen war sie noch nirgends gewesen. Sie fand es an der Zeit, diesem Zustand abzuhelfen. Und hatte nicht Bertram selbst an ihrem Geburtstag von einer Reise gesprochen?

Ihr Herz schlug plötzlich heftiger. Würde sie mit ihrem kleinen Vermögen bis nach Sumatra kommen? Und falls ja, was wollte sie dort tun? Selbst ihr war klar, dass die Stätten ihrer Kindheit sich in den letzten 25 Jahren ganz sicherlich verändert hatten.

Was wusste sie überhaupt von der heutigen Situation dort? Nein, das war keine gute Idee. In die USA, Warrior suchen? Noch unmöglicher. Erstens wusste sie nicht, wo sie ihn hätte suchen sollen, und zum anderen ging das ja gar nicht, denn, sollte sie ihn wie durch ein Wunder finden, würde er sicher nach Leonie fragen. Nein, diese Gedanken waren absolut falsch. Ihr Puls schlug immer heftiger. Wieso musste sie ausgerechnet heute dieses Thema, das ein absolutes Tabu war, berühren?

Also vielleicht doch eine Reise nach Italien? Ob es ihr dort gefallen würde? Egal. Ein Neuanfang hatte einen gewissen Reiz. Dass in ihrem Leben jeder Neuanfang die Folge einer Flucht war, kam Angelika nicht in den Sinn.

Die Trauergemeinde erhob sich, als der Sarg durch den Mittelgang getragen wurde. Sie schloss sich dem Zug als eine der letzten an und verließ den Friedhof als eine der ersten. In ihrer Wohnung nahm sie sich vor, alle Gedanken an die Zukunft solange zurück zu stellen, bis sie in 2 Wochen die beiden Aufführungen von „Die ehrbare Dirne" hinter sich hatte.

Leider ließ sich dieser Plan nicht umsetzen, denn am Morgen nach der Beerdigung – es war ein Samstag - hörte sie Stimmen im Treppenhaus und Schlüssel im Schloss des Büros. Vielleicht eine Stunde später kam der Moment, vor dem sie sich gefürchtet hatte. Ein Schlüssel drehte sich im Schloss der Verbindungstür in der Küche. Sie reagierte nicht und wischte weiterhin Staub im Wohnzimmer. Es klopfte herrisch an ihrer Tür. Sie öffnete und ein fremder Mann stand vor ihr.

„Schilling" stellte er sich knapp vor. „Wohin mündet die Verbindungstür?" Angelika sah in ausdruckslos an.

Das also war der ältere Sohn von Bertram. Er ähnelte ihm in keiner Weise, weder äußerlich noch in der Art und Weise wie er sprach. Sie erinnerte sich dunkel an eine verschleierte Gestalt am Grab, hinter der sie die Ehefrau vermutete. Ob er ihr ähnlich war?

„Soweit ich informiert bin, führt die Tür in die Küche" antwortete sie kühl. „Kommen Sie." Auch sie verzichtete auf übermäßige Höflichkeit. Er folgte ihr und sah sich in der Küche um.

„Hinter dem Schrank" sagte Angelika knapp und er trat seitlich an die Küchenanrichte und spähte dahinter. Er entdeckte die Riegel.

„Wozu sind die hier angebracht?"

Angelika zuckte mit den Schultern. „Das weiß ich nicht. Die gab es schon vor meiner Zeit."

Schilling drehte sich zur Tür. In barschem Ton sagte er: „Ich würde es begrüßen, wenn sie ein paar Minuten erübrigen könnten und mir ins Büro folgen würden." Sein Ton machte die höfliche Formulierung zunichte.

Angelika erwiderte:

„Ich komme in ein paar Minuten nach."

Nachdem sie umgezogen und gekämmt war, ging sie hinüber ins Büro. Sie klopfte und Schilling öffnete ihr. Er hatte verschiede Akten auf den Schreibtisch gelegt.

„Setzen Sie sich" befahl er. „Das Geschäft meines Vaters, das jetzt auf seine Familie übergegangen ist, benötigt ihre Dienste nicht mehr. Sie erhalten noch Ihr Gehalt bis zum Ende des Monats. Danach ist das Beschäftigungsverhältnis beendet. Er zählte ihr Gehalt auf den Tisch und schob ihr ein Blatt Papier zu. „Hier unterschreiben" ordnete er an. Angelika rührte sich nicht.

„Ich habe eine Kündigungsfrist von 6 Wochen zum Quartalsende" sagte sie. Da in wenigen Tagen ein neues Quartal beginnt, gilt die heute ausgesprochene Kündigung mit Wirkung zum 30. September" antwortete sie.

Er sah sie ärgerlich an:

„Es handelt sich hier um eine Kündigung wegen Todesfall. Das ist etwas anderes."

„Das würde ich gerne von einem Anwalt meines Vertrauens prüfen lassen."

„Was erlauben Sie sich?" schrie er sie an, „wenn ich will, kann ich Sie noch heute vor die Tür setzen!"

„Wenn Sie unbedingt einen Skandal wollen, bitte schön!" antwortete Angelika kalt, und in ihr war plötzlich eine große Sicherheit, dass sie als Siegerin aus diesem Wortwechsel hervorgehen würde.

Sie drehte sich zur Tür.

„Was haben Sie vor?" fragte Schilling und die Wut in seiner Stimme war nicht zu überhören.

„Ich fahre zu meinem Anwalt."

„Sie bluffen, Sie haben gar keinen."

„Marquardt und Söhne" lächelte Angelika und schloss die Tür hinter sich. Wie gut, dass sie Jürgen nach dem Namen und er Adresse einer renommierten Kanzlei gefragt hatte.

Schilling riss sie wieder auf und sagte: „Nun warten Sie doch. Es wäre sicher nicht im Sinne meines Vaters, dass wir uns streiten. Ich mache Ihnen ein anderes Angebot:

„Ich zahle Ihnen noch bis Ende August ihr Gehalt, ohne dass sie eine Hand rühren müssen. Dafür haben Sie bis zum diesem Zeitpunkt auch die Wohnung geräumt. Denken Sie nur, sie können jeden einzelnen Sommertag genießen, ohne ins Büro zu müssen. Na, ist das ein Angebot?"

Angelika rechnete kurz nach und sagte. „Ich unterzeichne eine entsprechende Vereinbarung, sobald das Geld auf meinem Konto ist."

Er griff in die Tasche, holte ein Bündel Scheine heraus und zahlte ihr den Betrag in bar aus. Dann suchte er in den Papieren auf dem Schreibtisch ein beschriebenes Blatt heraus, setzte handschriftlich das Datum ein und schob es zu Angelika hin.

Sie las es durch, fand nichts, was ihr Misstrauen erregte und unterschrieb.

Im Gehen sagte sie: „Sie erhalten die Wohnungsschlüssel spätestens am 31. August" bevor sie die Tür ins Schloss zog.

Kapitel 17

Die Premiere war ein voller Erfolg. Das Wetter spielte mit, so dass die vielen Besucher auch außerhalb des Bühnenraumes auf Kisten und Kästen Platz fanden. In den vergangene Jahren waren die Sommervorstellungen schon gut besucht gewesen, der heutige Andrang allerdings war so groß wie noch nie. Schon lange vor Beginn der Vorstellung hatte Jürgen den ankommenden Besuchern, die nur noch einen Stehplatz fanden, mitgeteilt, dass sie auch am nächsten Abend noch einmal spielen würden. Dennoch war der halbe Platz vor der Mühle mit Besuchern gefüllt.

Angelika erhielt nicht nur lang anhaltenden Applaus, sondern auch Bravo-Rufe und einige kleine Blumensträuße, die auf die Bühne geworfen wurden, als sie sich verbeugte.

Nach der Vorstellung, als die letzten Zuschauer gegangen waren und die Truppe die Bühne und den Saal einigermaßen aufgeräumt hatte, kamen Jürgen und Karo wieder zurück. Sie hatten Schnitzel und halbe Hähnchen eingekauft, dazu Brot und Bier. In der lauen Sommernacht zündeten sie einige Kerzen an und aßen auf dem Hof ihr spätes Abendbrot zu den Klängen von Sugar-Baby von Peter Kraus und Livin' Lovin' Doll von Cliff Richard.

Am folgenden frühen Abend, es war Sonntag, füllte sich der Saal bereits wieder, als Angelika ein fremdes Gesicht hinter der Bühne entdeckte. Sie zog sich gerade ihre Netzstümpfe an, als der Fremde auf sie zukam.

„Ich suchen Mano" sagte er mit starkem Akzent. Er deutete auf sich: „Mich Collin."

Angelika verkniff sich ein Lächeln, ergriff ihn am Arm und ging auf die andere Seite des Vorhangs, der die „Garderobe" der Männer von der der Frauen trennte. Dann ging sie zurück, um ihr Make-up zu vervollständigen. Auf der anderen Seite ertönten Freudenrufe. Das Klopfen von Händen auf Männerrücken war zu hören und danach Gejohle und Gelächter. „Hübscher Bursche" dachte Angelika bei sich. Dann aber vertiefte sie sich noch einmal in ihren Rollentext, rauchte eine Zigarette, und als die Glocke zum Beginn läutete, betrat sie die Bühne.

Auch nach dieser Vorstellung setzten sich alle im Hof um einen Tisch, der aus mehreren Baubrettern roh gezimmert war, und aßen ihr Abendbrot. Heute war neben dem Ensemble noch ein weiterer Gast am Tisch. Collin, der Brite, der wegen seiner drolligen Sprache und der ansteckend guten Laune, die er verbreitete, für ständiges Gelächter sorgte.

Er teilte seine Aufmerksamkeit zwischen Mano und Angelika und schlug vor, als die anderen zum Aufbruch drängten, noch etwas zu unternehmen. Die beiden waren einverstanden, da für sie der nächste Tag, keine Verpflichtungen beinhaltete. Es waren Ferien. Sie wanderten am Rhein entlang, bis sie zu einer etwas erhöhten Stelle kamen, auf der es sich gut sitzen ließ. Mano zog aus seiner Jacke noch zwei Flaschen Bier und Collin verteilte Zigaretten.

Erst unterhielten sie sich über das Stück und über Theater im Allgemeinen, dann sagte Collin – und diesmal sprach er Englisch, weil er wusste, dass die Beiden ihn verstehen würden -"Ich fahre im August nach Indien. Möchte einer von euch mit mir kommen?"

Angelika und Mano machten große Augen.

„Wie bitte?" hauchte Angelika und Collin wiederholte sein Angebot noch einmal.

Dann erzählte er, dass neuerdings eine Bewegung die jungen Leute der westlichen Welt ergriffen hätte, die die spirituelle Erweiterung des Geistes zum Ziel hatte. Viele wären der Meinung, dass die östliche Kultur und Religion dazu am besten geeignet wäre. Das und die Tatsache, dass in diesem Land der Gebrauch von Bewusstseins erweiternden Drogen häufig als rituelle oder religiöse Handlung deklariert wurde, hätten seine Neugier geweckt. Es sagte dies mit einem breiten Grinsen. Er habe seinem Vater vorgeschlagen, die Handwerksbetriebe in Kalkutta aufzusuchen und nach dem Rechten zu sehen. Sein Vater war über dieses Ansinnen freudig erstaunt, da sich Collin bisher wenig oder gar nicht um das Geschäft gekümmert hatte.

Weiter erzählte Collin, dass er mit dem von der Firma seines Vaters gecharterten Frachtschiff, das in verschiedenen europäischen Häfen anlegen werde, fahren wolle.

Mano und Angelika hörten gespannt zu und sprachen dann fast gleichzeitig: Über Aufenthaltsdauer und –ort, über Kosten, Risiken, die politische Situation, Krankheitsvorsorge, Unterkunftsmöglichkeiten und so manches mehr wollten sie alles wissen. Es dämmerte bereits, als sie zurück ins Viertel wanderten. In Angelikas Wohnung nahmen sie zum Frühstück Kaffee und frische Brötchen ein, bevor sich die Männer vor ihr verabschiedeten und sie sich müde ins Bett legte.

Am nächsten Tag räumten sie die Mühle auf und danach fuhren sie in Angelikas Auto rheinaufwärts, bis sie ein hübsches Gartenlokal erreichten.

Angelika hatte den Vormittag damit verbracht, alle Möglichkeiten auszuloten und jetzt fragte sie Collin: „Gilt dein Angebot von gestern noch?"

Er nickte lachend. „Natürlich."

„Dann komme ich mit" sagte sie. „Wann geht es los?"

Jetzt lachte Collin laut auf: „Das gefällt mir" sagte er, „schnelle Entschlüsse, klare Worte."

Mano, der die beiden beobachtet hatte, warf ein: „Gibt es eine Möglichkeit, in Indien Geld zu verdienen? Die Fahrt mit dem Frachter kann ich mir leisten, aber von irgendwas muss ich in Indien leben. Wie stehen die Chancen?"

Collin antwortete: „Das ist das kleinste Problem. Erstens ist das Leben in Indien spottbillig, und zum anderen könntest du in einem unserer Betriebe arbeiten. Da verdienst du immerhin so viel, dass du genug zu Essen und ein Dach über dem Kopf hast."

Mano sah ihn an: „Ich habe meinen Beruf nie gemocht. Geschichte an sich ist sehr interessant. Dummerweise habe ich Geschichte auf Lehramt studiert. Das bringt mich in die Lage, dass ich nun Kindern erklären muss, dass die Eroberer große Strategen und Bewahrer der zivilisierten Welt waren. Dennoch waren es allesamt Mörder, die die eroberten Gebiete mit Gräueltaten überzogen. Egal, wen du nimmst, sie alle haben gemordet und geplündert, vergewaltigt, gebrandschatzt und versklavt."

„Mir fiel in der Schule beim Geschichtsunterricht auf, dass alle Eroberer, die aus der sogenannten zivilisierten Welt kamen, auch Eroberer genannt wurden. Richtete sich eine Eroberung aber gegen die „zivilisierte" Welt, dann waren es räuberische Horden oder Schlimmeres. Vergleiche doch nur einmal Julius Cäsar mit Dschingis Khan", ergänzte Angelika „oder Alexander mit den Mauren."

„Kriege sind immer mörderisch", wandte Collin ein, „und letztendlich sind es ja die Ritter, Soldaten oder Kämpfer, die in erster Linie dabei zu Tode kamen."

„Die waren aber, bevor man sie in Rüstungen oder Uniformen steckte, auch ganz normale Menschen mit Familien" wandte Mano ein. „Meine größte Angst ist aber, dass später einmal, wenn wir schon lange unter der Ende sind, unseren Ur-Ur-Enkeln erzählt wird, dass ein gewisser Adolf H., der für unsere unrühmliche jüngste Vergangenheit verantwortlich ist, in die Reihen der großen Männer aufgenommen wird, dann letztendlich war auch er ein großer Stratege. Nee, Leute, mir reicht es. Ich kündige zum Ende der Ferien und bin mit dabei!"

Kapitel 18

Angelika sah sich in der Wohnung um. Sie sah genauso aus, wie bei ihrem Einzug. Einzig die Wände waren gestrichen und wirkten frisch. Die Möbel, die ihr gehört hatten, waren verkauft, die Kleidung, die sie künftig nicht mehr würde tragen können, war ebenfalls verkauft und der Rest in einen Koffer und einen riesigen Rucksack gepackt. Eine weitere Tasche enthielt ein Kopfkissen und eine Decke sowie einige Handtücher. Teile des Bestecks hatte sie gegen ein Armeemesser eingetauscht, in dessen Griff auch Löffel und Gabel versenkt waren. Dieses Messer sowie ihre Papiere, Kosmetika und ein paar nicht besonders wertvolle Schmuckstücke steckten ebenfalls im Rucksack. Den Großteil ihres Schmucks und ihr Sparbuch, von dem sie die Hälfte abgehoben hatte, lag in einem Schließfach ihrer Bank. Das Bargeld, das sie für die Passage und unterwegs benötigen würde, trug sie in einem Beutel um den Hals.

Sie verstaute ihr Gepäck in ihrem Auto, das jetzt Karo gehörte. Dann begrüßte sie die neue Besitzerin mit einer Umarmung, ließ sich auf den Beifahrersitz fallen und sagte, mit einem letzten Blick auf das Haus, das mehr als 5 Jahre ihr Zuhause gewesen war: „Fahr los, die Welt wartet."

Am Bahnhof in Düsseldorf traf sie Mano, der schon nervös rauchend auf sie wartete.

Sie verabschiedeten sich von Karo mit dem Versprechen, regelmäßig zu schreiben und suchten den Bahnsteig, von dem sie nach Rotterdam abfahren würden. Der D-Zug startete pünktlich, und erst als sie die deutsche Grenze passiert hatten, realisierte Angelika, dass für sie wieder einmal ein neues Leben beginnen würde. Mano nahm sie spontan in den Arm und drückte ihr einen lauten Schmatz auf die Wange. Sein Tatendrang färbte sein Gesicht, das durch die Sonne der letzten Wochen stark gebräunt war, noch dunkler.

„Was uns wohl auf dem Schiff erwartet?" fragte er. „Und erst in Indien. Ich bin so gespannt auf das Land und seine Menschen. Ich finde das alles furchtbar aufregend, du nicht?"

„Doch, schon, zumal ich mir immer gewünscht habe, noch einmal in den asiatischen Raum zu reisen."

„Wieso „noch einmal"? Warst du schon dort?"

Angelika nickte. „Ich bin auf Sumatra geboren."

Mano starrte sie mit offenem Mund an. „Ehrlich, jetzt?" fragte er und wieder nickte Angelika. Sie unterhielten sich solange, bis neue Fahrgäste ins Abteil stiegen. Ab dann schwiegen sie, und jeder hing seinen eigenen Gedanken nach bis sie Rotterdam erreichten.

Wie versprochen holte Collin sie am Bahnhof ab. „Wir haben noch reichlich Zeit", sagte der. „Der Frachter hat noch nicht angelegt und muss dann noch Ladung löschen." Unterwegs hielten sie an einem Café an und aßen Schokoladenkuchen. Dazu tranken sie Kaffee.

„Für lange Zeit der letzte Trinkbare" kommentierte Collin diese Handlung. Danach fuhren sie weiter zum Hafen und kamen gerade recht, als die „Gangway", ein Holzbrett mit Querhölzern um das Abrutschen zu vermeiden, festgemacht wurde.

Collin wartete, bis einer der Offiziere auf den Kai sprang und stellte sich ihm vor. Daraufhin ergriffen zwei Matrosen das Gepäck der drei und balancierten damit zurück zum Schiff. Einladend sagte Collin: „Darf ich bitten" und nacheinander, Angelika in der Mitte, betraten sie das Schiff. Sie bekamen zwei nebeneinander liegende spärlich ausgestattete Kabinen, jede mit einem Bullauge versehen, und richteten sich so gut es ging ein.

Einige Zeit später legte das Schiff ab und die Drei standen an der Reling und sahen aufs Festland zurück. Der nächste Hafen, den sie anlaufen würden, sollte Bordeaux sein.

Die Tage auf See verliefen ruhig. Die Drei machten sich nützlich, wo sie konnten, genossen die Umgebung und die Seeluft. Die Augusthitze wurde durch die ständige Brise, die im Bereich des Atlantiks herrschte, gemildert und bescherte dadurch ein angenehmes Klima. Abends saßen sie lange auf Deck und sprachen über die Zukunft.

Zwischen Bordeaux und Vigo zeigte sich der Atlantik von seiner stürmischen Seite. Mano wurde seekrank und Angelika pflegte ihn, so gut es eben ging. Noch bevor sie die Straße von Gibraltar passiert hatten, wurde das Wetter wieder freundlich und schlagartig ging es auch Mano wieder gut.

Angelika und Collin übernahmen in jedem Hafen den Einkauf von frischen Lebensmitteln für sich und die Crew. Auch sorgten sie dafür, dass sie immer Wein oder Bier in ihren Kabinen hatten.

Während sie in Tunis durch die Souks streiften – Mano nutzte die Zeit und besuchte das Bardo-Museum – fragte Collin:

„Seid ihr eigentlich ein Paar, du und Mano?"

Angelika verneinte: „Wir sind nur Freunde, warum fragst du?"

„Nun, mir scheint, Mano ist in dich verliebt."

„Ach, was du immer denkst. Das ist er nicht."

„Bist du dir da so sicher?"

„Wir kennen uns schon ein paar Jahre, aber er hat nie den Versuch gemacht, na, du weißt schon."

„Hm, sagte Collin, wenn ihr kein Paar seid, und du nicht in ihn verliebt bist, würdest du mich dann in deine Kabine lassen, wenn ich mal abends anklopfe?"

Angelika lächelte.

„Ich dachte, ihr Briten seid zurückhaltend. Du bist aber sehr direkt, nicht wahr?"

Jetzt lachte Collin.

„Ich bin nur ein Teil-Brite. Meine Mutter ist Halbinderin, vielleicht liegt es daran"; und nach einer kurzen Pause fügte er hinzu: „Du hast meine Frage nicht beantwortet."

„Versuch es doch einfach. Dann wirst du schon sehen, ob ich öffne."

Noch am gleichen Abend klopfte es kurz nach Mitternacht an Angelikas Tür. Sie ließ Collin eintreten und fragte: „Hast du Mano gesagt, wohin du gehst?"

„Nein, er schläft bereits."

„Das ist gut. Ich möchte nichts tun, was ihn verletzen könnte."

„Noch hast du ja nichts getan" neckte Collin sie. Dann beugte er sich vor und küsste sie. Nach kurzem Zögern erwiderte sie seinen Kuss.

Er verließ die Kabine bevor es hell wurde und achtete sorgfältig darauf, dass niemand von der Besatzung in der Nähe ihrer Kabinen war, bevor er leise in seine eigene glitt.

Sie hatten den Suez-Kanal bereits hinter sich und befanden sich im Roten Meer, als Mano sie eines Tages auf Collin ansprach:

„Ich weiß, dass er ab und zu die Nacht mit dir verbringt. Er ist zwar immer sehr leise wenn er geht oder wiederkommt. Aber die Wände sind dünn und ich höre, wenn er bei dir ist."

Angelika wurde rot.

„Das tut mir leid" stammelte sie. „Bist du deswegen böse auf uns?"

Mano schüttelte den Kopf.

„Nicht böse, nur traurig. Ich hatte gehofft, wenn du über den Verlust deines Chefs hinweg bist, würdest du vielleicht bemerken, dass ich in dich verliebt bin."

Angelika richtete den Blick auf ihn.

„Warum hast du mich das bisher nie merken lassen? Mein Gott, Mano, wir kennen uns schon seit mehr als vier Jahren!"

„Nun, ich hoffe, es verletzt dich nicht, wenn ich dir sage, wir alle wussten, dass Bertram Schilling nicht nur dein Chef sondern auch dein.....Freund war. Wir haben nur nie darüber gesprochen. Und während dieser Zeit warst du für mich tabu. Na ja, und danach ging alles so schnell. Hier auf dem Schiff habe ich hin und her überlegt, wie ich es dir sagen soll, und nun muss ich feststellen, dass Collin schneller war."

Angelika nahm Mano in den Arm.

„Du großer, dummer Junge!" sagte sie. „Ich mochte dich schon vom ersten Augenblick an, als ich dich im Theater sah. Aber erstens bist du jünger als ich und zweitens"..... jetzt zögerte Angelika. „Also außerdem dachte ich, du magst Frauen vielleicht nicht. Ich habe dich nie in Begleitung eines Mädchens gesehen, und du warst so angetan von deinen Brieffreunden. Na, jedenfalls habe ich nicht damit gerechnet, dass du dich in mich verlieben könntest."

Sie lachte laut auf, als sie Manos entsetztes Gesicht sah. Er aber fragte: „Haben die anderen im Theater auch gedacht, ich sei schwul?"

„Keine Ahnung, aber wahrscheinlich nicht. Jetzt mach kein solches Gesicht. Ist doch ohnehin Schnee von gestern. Die Welt wartet auf uns, schon vergessen?"

Er grinste und nickte zustimmend.

„Und wie geht es jetzt mit uns weiter?"

„Gib mir 24 Stunden, dann habe ich eine Antwort."

Kapitel 19

Lange bevor die Farasan-Inseln in Sicht kamen, eröffnete Angelika ihren beiden Mitreisenden, dass sie sich nicht für oder gegen einen von ihnen entscheiden könne. Sie hätte sie beide sehr gern und wolle nichts weniger, als einen von ihnen verletzen. Da sie beiden zugetan sei, könne sie sich vorstellen – selbstverständlich mit der gebotenen Diskretion – beiden mehr als nur eine Freundin zu sein. Sie wisse, dass diese Aussage dazu führen könne, ihr zweifelhafte Moral zu unterstellen, aber für sie gäbe es nur die Möglichkeit: beide oder keiner.

Während Mano verlegen auf seiner Lippe kaute, sagte Collin:

„Soweit mir bekannt ist, wird dort, wohin wir gehen, ohnehin freie Liebe praktiziert. Man hat mir gesagt, dass die Menschen, die sich um die verschiedenen Lehrer –die dort Gurus genannt werden – scharen, sich selbst als Blumenkinder bezeichnen und Liebe zu ihrer Lebensaufgabe machen. Dabei geht es nicht nur um Agape – also die spirituelle gemeinschaftliche Liebe – sondern auch um deren körperliche Seite. So soll es innerhalb der einzelnen Dörfer, die sich um ein Ashram gebildet haben, kaum feste Verbindungen von Paaren zueinander geben. Mit der körperlichen Liebe wird recht freizügig umgegangen; da passt unser „love triangle" – unser Dreiecksverhältnis – doch recht gut hinein. Und ich habe keine Probleme damit zu teilen."

Angelika nickte dazu und sah Mano an: „Und wie ist es mit dir?"

Etwas verlegen antwortete er: „Kein Problem, geht klar."

„Dann hätten wir das geklärt" sagte Collin. „Lasst uns nachsehen, ob wir uns in der Kombüse nützlich machen können."

Die Drei verließen das Deck und Angelika lächelte still vor sich hin. Zwar hatte sie Mano mit keinem Wort geglaubt, dass er mit der Situation klar käme, aber mit ein wenig Geduld, würde sie es sicher schaffen, ihm den Eindruck zu vermitteln, dass er der Mittelpunkt ihrer Gefühle sei.

Während sie Süßkartoffeln schnitt, sah sie die beiden Männer aus den Augenwinkeln an. Beide waren attraktiv. Collin mit seinen fast schwarzen Augen und einer Haut wie heller Milchkaffee, die täglich dunkler wurde, war der exotischere von beiden. Mano umgab aufgrund seiner Jugend noch eine Glorie der Unschuld. Angelika wünschte sich, er möge bald an ihre Tür klopfen. Seine offensichtliche Unerfahrenheit reizte sie. Ein neues Land, ein neues Leben und zwei gutaussehende Liebhaber, das war ganz nach ihrem Geschmack. „Einmal Hure, immer Hure", dachte sie, aber der Gedanke störte sie nicht.

Als sie den Golf von Aden erreichten, war Mano bereits zweimal in ihrer Kabine gewesen und die Dreierbeziehung schien sich eingespielt zu haben. Allerdings hatten alle drei das Gefühl, als tuschle die Mannschaft über sie, und als Angelika eines Abends einmal allein an der Reling stand und die Haie, die das Schiff begleiteten, beobachtet, näherte sich ihr ein Mitglied der Crew und fragte sie unumwunden, ob sie mit ihm schlafen wolle. Als sie von diesem Vorfall Collin und Mano berichtete, wollte Ersterer sofort zum Kapitän, um sich über diese „Schamlosigkeit", wie er es nannte, zu beschweren. Angelika hielt ihn zurück.

„Lasst uns nur noch vorsichtiger sein" sagte sie. „Den größten Teil der Reise haben wir hinter uns."

Sie hatten erst vorgehabt, in Bombay auszusteigen und mit dem Zug bis Kalkutta zu fahren. Collin hatte jedoch dringend abgeraten. Die Reise durch das Land sei beschwerlich und nicht ungefährlich, die Eisenbahnen zumeist hoffnungslos überfüllt. Da das Schiff in Bombay drei Tage Aufenthalt eingeplant hatte, nutzen Angelika und die beiden Männer die Zeit zu einer Stadtbesichtigung. Für Angelika und Mano, die bisher Köln, Essen und Düsseldorf als Großstädte empfunden hatten, eröffnete die geballte Menschenmenge in den Straßen der Stadt völlig neue Perspektiven. Das Taxi, in dem sie fuhren, drängte mit einer Vielzahl anderer Fahrzeuge durch die Straßen, die durch Menschen mit und ohne Karren, Fahrrädern und Motorrädern hoffnungslos verstopft waren. Häufig waren sie nicht in der Lage, einen Blick auf die Straße oder die Gebäude neben ihnen zu erhaschen, weil ein dichter Menschenkordon das Auto umgab. Selbst Collin, der London gut kannte und auch schon in Brüssel und Paris gewesen war, staunte über die Menschenmenge, die sich durch die Straßen schob.

Als sie gegen Abend wieder im Hafen und an ihrem Schiff ankamen, waren sie durchgeschwitzt und fühlten sich zerschlagen und müde. Erst nach einer Dusche mit lauwarmem Wasser, einer starken Tasse Tee und ein paar Keksen fühlten sie sich wieder erfrischt. Sowohl Mano als auch Angelika stimmten froh Collins Rat zu, mit dem Schiff bis Kalkutta zu fahren.

Kapitel 20

Es war bereits Mitte November, als sie endlich in Kalkutta anlegten.

Collin suchte und fand ein zentral gelegenes Hotel, dessen Preise erschwinglich für den gebotenen Luxus erschienen. Als erstes nahmen sie ein ausgiebiges Bad, dann gingen sie in ein Restaurant der gehobenen Klasse und bestellten die lange entbehrten Speisen. Einzig Angelika bestellte sich ein Dhal mit Kokosmilch, dazu Reis und gebratenen Rosenkohl. Sie genoss diese Speise sichtlich, während die beiden Männer in dem zu zähen Fleisch, das ein Steak englisch gebraten sein sollte, herumstocherten.

Zwei Tage wollten sie in Kalkutta bleiben und besuchten die St.Paul's Cathedral, die Memorial Station und den Marble Palace. Dazu noch verschiedene Hindu-Tempel, die Märkte und natürlich die Niederlassung der Firma von Collins Vater. Collin teilte den beiden anderen am Abend mit, dass er noch einen Tag anhängen müsse, da einige Dinge zu klären seien, und während er im Büro der Niederlassung Akten studierte, stellten Angelika und Mano Gepäck und Proviant für die weitere Reise zusammen.

Am vierten Tag nach ihrer Ankunft brachen sie auf, Richtung Norden. Erst mit der Eisenbahn, dann mit dem Bus und später dann zu Fuß. Sie gelangten durch vereinzelte Dörfer endlich zu einem Hüttendorf, das sich um ein Ashram gruppierte. Zwei junge Frauen kamen ihnen entgegen, mit Ringelblumenkränzen in den Händen, die sie ihnen zum Willkommen um den Hals legten. Man führte sie zur Hütte des Gurus, der in Meditation versunken war. Sie warteten. Endlich sah er auf und sah sie an. Er hieß sie willkommen und bot ihnen an, wann immer sie seines Friedens teilhaftig werden möchten, zu seiner Hütte zu kommen. Sie bedankten sich und gingen hinunter in das Hüttendorf.

Mit Hilfe einiger Männer des Dorfes bauten sie sich eine Hütte, in der sie zu dritt Platz fanden. Das Baumaterial hatte ihnen ein großer blonder Mann, der Englisch mit stark kanadischem Akzent sprach, für wenig Geld angeboten. Collin grinste. „Die Geschäftsidee gefällt mir" sagte er. „Wollen doch mal sehen, worin hier noch ständiger Bedarf besteht."

In den folgenden Tagen lernten sie das Gelände und die Bewohner des Hüttendorfes sowie einige Händler des nahe gelegenen Dorfes der Einheimischen kennen. Nahrung war einfach zu beschaffen. Die Bauern verkauften ihre Erträge, und alle Drei waren sich sicher, dass sie von den Hüttendorf-Bewohnern einen höheren Preis verlangten, als sie von ihren Landsleuten erhalten würden. Dennoch war die Lebenshaltung spottbillig.

Mano erinnerte daran, dass durch die Reise seine Barschaft nahezu aufgebraucht war und er Arbeit finden müsse, um sich zu finanzieren. Collin versprach, ihm bald ein entsprechendes Angebot zu machen. Angelika hatte bereits einen Broterwerb gefunden. Sie hatte sich einer Gruppe angeschlossen, die Samenkapseln und Silberperlen auf Seidenfäden aufzog und zu Ketten oder Armbändern verarbeitete. Das Material lieferte ein Einheimischer im Auftrag irgendeiner Firma. Für jede fertige Kette bezahlte er ein paar Rupies. Der so erarbeitete Betrag reichte für den täglichen Bedarf.

Angelika hatte sich von ihrem ersparten Geld zwei lange Kleider, wie sie hier getragen wurden, gekauft. Das primitive Leben, das sie hier führten, störte sie nicht. In Heilberg war es auch nicht komfortabler. Lediglich das Wasser musste hier abgekocht werden, um nicht eine der zahlreichen Krankheiten, die durch unsauberes Wasser verursacht wurden, zu bekommen. Wann immer es ihr gefiel, streifte sie durch den Wald. Sie entdeckte Pflanzen, die ihr vertraut vorkamen und mit denen sich Stoffe färben ließen. Andere strömten ein Aroma aus, das sich sicher zu Essenzen verarbeiten lassen würde, hätte man nur die geeigneten Gerätschaften. Dazu gab es eine Anzahl von Blumen und anderen Pflanzen, die eine heilende Wirkung hatten, wie sie sich erinnerte. Fee hatte ihr während ihres Aufenthalts in der Hütte in Heilberg verschiedene Bücher geliehen, und so wusste sie um die heilende Wirkung von Ringelblume, Gelbwurz, Weihrauch und Aloe Vera.

Es vergingen die Wochen, die ersten Monate. Mano saß oft ganze Tage lang in der Nähe des Guru. Er hörte zu, meditierte, sang mit den anderen „Jüngern" und teilte Collin und Angelika mit, dass er seinen Seelenfrieden gefunden habe. Collin fuhr zwischendurch immer wieder nach Kalkutta. Er hatte sich für die Wegstrecke bis zur Bahnlinie einen Ochsenkarren organisiert, der den langen und schwierigen Weg ein wenig angenehmer machte. Allerdings wurde er mangels Federung durchgerüttelt und hatte deshalb seinen Sitz mit dicken Lagen Baumwollstoff ausgepolstert. Angelika hingegen war unruhig. Sie war es nicht mehr gewohnt, ohne Verpflichtungen in den Tag hinein zu leben. Die esoterischen Erfahrungen der anderen Dorfbewohner interessierten sie nicht sonderlich, ebenso wenig die Lehren des Gurus. Sie suchte für sich Perspektiven für ihr weiteres Leben.

Viele der anderen Dorfbewohner rauchten eine Substanz, die sie angeblich die Farben klarer und die Dinge deutlicher erkennen ließen, aber Angelika hatte nach zwei Versuchen für sich entschieden, dass ihr das nicht zusagte. Sie verlor nicht gerne die Kontrolle. Aus diesem Grunde hatte sie selbst während der Zeit in der Bar nur sehr mäßig dem Alkohol zugesprochen. Collins Information über die freie Liebe war allerdings richtig. Einige der Frauen, die hier schon länger weilten, waren schwanger oder hatten Kinder. Die Frage nach den Vätern stellte niemand. Alle Kinder des Dorfes waren so etwas wie Gemeinschaftseigentum.

Angelika teilte ihre sexuelle Aufmerksamkeit weiterhin zwischen Mano und Collin und während letzterer seine temperamentvolle Werbung auch auf andere ausdehnte, gehörte Manos sanfte Liebe ihr allein.

An einem Abend, Collin war gerade wieder aus Kalkutta zurückgekommen und hatte von dort gewürzten Reispudding mitgebracht, den sie nun vor ihrer Hütte aßen, sagte Angelika:

„Ich möchte diesen Ort verlassen, bevor die Monsunzeit beginnt. Außerdem habe ich nachgedacht, wie wir hier Geld verdienen können. Es gibt jede Menge Kräuter, Blumen und Gewürze, die entsprechend weiterverarbeitet, sicher in England oder Deutschland viele Abnehmer finden würden. Man müsste nur eine Möglichkeit finden, daraus die entsprechenden Essenzen herzustellen, um Duftöle, Aromen, Gewürzpulver oder Salben herzustellen."

Collin sah von seiner Süßspeise auf. „Gute Idee" sagte er. „Das lässt sich einrichten. Unser Werk in Kalkutta beschäftigt momentan Weberinnen, Näherinnen und Packerinnen. Wir importieren die Stoffe, die dann in Großbritannien zu Konfektionsware, Gardinen und Tischwäsche verarbeitet werden. Ein neuer Zweig würde meinem alten Herrn sicher gefallen. Er hat die Transportmöglichkeiten und die Vertriebswege. Ich werde ihm bei meinem nächsten Besuch in Kalkutta eine diesbezügliche Depesche senden. Hättest du Lust, die Fertigung zu überwachen?"

Angelika nickte. „Genau das wollte ich dir vorschlagen."

„Was ist mit dir Mano? Du wolltest doch auch eine Arbeit annehmen? Bist du mit dabei?"

Mano erwiderte:

„Gerne. Ich bin ohnehin blank und ich glaube auch, es wird Zeit, von hier zu verschwinden."

Knapp sechs Wochen später packten Mano und Angelika ihre Sachen und warteten auf die Ankunft von Collin. Bei seinem letzten Besuch hatte er ihnen mitgeteilt, dass er mit freudiger Einwilligung seines alten Herrn eine entsprechende Räumlichkeit angemietet hatte, die im hinteren Bereich über einen Anbau verfügte, der sich als Schlafkammer nutzen ließ und außerdem über eine überdachte Kochstelle verfügte. Eine Wasserzapfstelle sei ebenfalls nahe dabei. Außerdem hatte er die entsprechenden Gerätschaften zur Verarbeitung der Naturprodukte bestellt.

Collin hatte ihnen nicht verheimlicht, dass es großer Geduld bedürfe, wenn das Unternehmen von Erfolg gekrönt sein solle. Sammlerinnen würden die Pflanzen pflücken oder von den Einheimischen kaufen. Dann musste aussortiert werden. Nur Pflanzen ohne Schimmelbefall waren brauchbar. Danach würden die Pflanzen, die als Rohprodukt nach Großbritannien verschifft werden sollten, getrocknet, gemahlen oder auch fermentiert werden müssen. Für das Gewinnen von Ölen oder Essenzen hatte Collin einen Destillationsapparat, der mit Dampf betrieben wurde, bestellt. Zum Schluss musste alles noch seefest verpackt werden. Die Weiterverarbeitung in Einzelportionen bzw. das Abfüllen in verkaufsfähige Fläschchen oder Tiegel sollte in Europa erfolgen.

„Hier hat alles seinen eigenen Rhythmus" sagte er. „Es geht hier nicht zu, wie in Europa. Zeit ist in Indien im Übermaß vorhanden, und die Menschen hier arbeiten für den täglichen Bedarf. Ist dieser gedeckt, kann es sein, dass sie nicht wiederkommen. Also stellt euch darauf ein und habt Geduld."

Angelika hatte bereits verschieden Holzkisten mit gepflückten Pflanzen gefüllt, und als Collin mit seinem Ochsenkarren eintraf, verluden sie alles, bevor sie sich von den anderen verabschiedeten und nach Kalkutta aufbrachen.

Kapitel 21

Gestern waren die Geräte zur Weiterverarbeitung der Kräuter, Blumen und Gewürze eingetroffen. Angelika, Collin und Mano packten aus, stellten auf und montierten im Schweiße ihres Angesichts. Die Monsunzeit hatte begonnen, die Luftfeuchtigkeit betrug 90 % und jede Bewegung war schweißtreibend. Alle drei fühlten sich schlapp. Angelika hatte gerade ein Gebilde aus verschiedenen Rohren auf den Arbeitstisch gestellt, als sie merkte, wie sie Schwindel überfiel. Sie versuchte sich noch am Tischrand festzuhalten, aber ihre Hände griffen ins Leere. Sie rutschte auf den Boden, bevor einer der Männer sie festhalten konnte. Die Ohnmacht dauerte nur ein paar Sekunden. Mit Hilfe von Collin und Mano, der ängstlich fragte, ob sie sich verletzt habe, kam sie wieder auf die Beine. Collin schob ihr einen Hocker hin und drückte sie mit sanfter Gewalt drauf.

„Mach mal Pause" sagte er. „Die Hitze ist mörderisch. Trink erst einmal einen Tee." Er lief zu dem Wasserkessel über dem offenen Feuer und legte ein wenig getrockneten Kuhdung nach, um das Wasser zum Kochen zu bringen. Wenig später kam er mit einem Becher voll Tee zu ihr zurück. Sie nahm ihn dankbar an und sagte:

„Ich glaube es wird Zeit, dass ich euch etwas mitteile. Ich bin schwanger."

Die beiden Männer sahen sie perplex an. Collin echote „Schwanger?" Seit wann weißt du es?"

„Seit wir den Ashram verlassen haben, bin ich mir sicher. Ich denke, ich bin im 4. Monat."

Mano ergriff ihre Hand. „Das ist ja wunderbar" sagte er. „Ein Kind zu haben, wünsche ich mir schon lange."

Collin kratzte sich am Kopf. „Ich freu mich auch" sagte er. „Allerdings stellt sich die Frage, wer von uns beiden der Vater ist."

Angelika trank langsam ihren Becher mit Tee und sagte: „Ich weiß es nicht. Jeder von euch kann es sein. Sicher ist nur, dass es mein Kind sein wird."

Sie hatte den letzten Satz mit einer Vehemenz gesagt, die beide Männer in Erstaunen versetzte. „Also, nicht dass du denkst, ich will mich drücken" sagte Collin. „Ich frage nur aus Neugier und wegen der Konsequenzen. Einer von uns sollte dich heiraten, finde ich."

Angelika erlaubte sich ein Lächeln. „Denkt doch mal an den Ashram, da waren die Kinder auch Gemeinschaftseigentum. Können wir nicht genauso verfahren? Später, wenn es größer ist und ihr Gewissheit haben wollt, können wir immer noch darüber nachdenken, wie es sich herausfinden lässt. Ich glaube, dass geht über die Blutgruppe. Aber solange es noch nicht einmal da ist, möchte ich mir darüber keine Gedanken machen."

Beide nickten zustimmend.

„Willst du zurück nach Europa?" fragte Collin.

Angelika verneinte. „Ich werde hier weitermachen, wie besprochen. Auch hier bekommen Frauen Kinder, nicht wahr? Warum sollte ich das nicht auch können?"

Mano nahm sie ihn den Arm. „Aber auf jeden Fall trägst du keine schweren Kisten mehr!" sagte er.

Collin schlug vor, am Abend in einem Restaurant das Ereignis zu feiern. Sie stellten den Rest der Geräte auf und gingen dann zum Badeverschlag, wo sie sich mit lauwarmem Wasser den Schweiß abwuschen.

Nach dem Essen saßen sie auf der überdachten Terrasse und hörten zu, wie der Regen auf die Blätter fiel.

„Ob es wohl ein Junge wird?" fragte Collin und Angelika nickte ernst. „Ja, es wird ein Junge und ich werde ihn Robert nennen."

„Woher weißt du, dass es kein Mädchen wird?" fragte Mano.

„Als Frau weiß man so etwas" sagte Angelika mit einem Lächeln. „Aber jetzt genug davon. Lass uns nach Hause gehen, morgen ist wieder viel zu tun."

„Soll ich nicht besser ein Hotelzimmer für dich suchen?" fragte Collin, der in Kalkutta in der Nähe seiner Firma ein Pensionszimmer bewohnte, das ein klein wenig mehr Komfort bot, als der Anbau, in dem Angelika und Mano schliefen.

„Mach dir keine Gedanken. Wie es ist, ist es in Ordnung" entgegnete Angelika. „Und noch etwas: Ich bin schwanger aber nicht krank, merkt euch das."

Lachend strebten die drei ihren Unterkünften zu, während der Regen den Boden aufweichte und die schadhaften Straßen in kleine Bäche verwandelte.

Kapitel 22

Collin dehnte seinen Besuch in England auf drei Monate aus und kam erst zurück, als Angelika kurz vor der Niederkunft stand. Mano und sie hatten in den vergangenen Monaten die Zeit genutzt und einen erfolgreichen kleinen Produktionsbetrieb aufgebaut. Es wurde sortiert, getrocknet, gepresst, fermentiert und destilliert. Einige der wohlriechenden Pflanzen hatte Angelika in kleine Seidenbeutel einnähen lassen, ein paar Essenzen mit Wasser bzw. mit Öl vermischt, um die Wirkung und Haltbarkeit zu testen. Ringelblumenblüten, die nach der Regenzeit in außerordentlich großen Mengen vorhanden waren, hatte sie mit Paraffin und Vaseline vermischt, einige Zeit stehen lassen und danach noch einmal erhitzt. Nachdem die Blüten heraus filtriert worden waren, entstand eine Salbe, die gegen allerlei Entzündungen und Schmerzen eingesetzt werden konnte und gute Heilerfolge erbrachte.

Collin sah Angelika bewundernd an.

„Du steckst ja voller Ideen" sagte er lachend. „Da müssen sich meine Leute zu Hause sputen, damit sie Schritt halten können." Dann wurde er ernst und fragte: „Und wie geht es dir und dem Baby? Warst du bei einem Arzt zur Untersuchung?"

Angelika schüttelte den Kopf. „Ich habe mit Tapomay, der Hebamme hier im Viertel, gesprochen. Sie wird sich um mich kümmern, wenn es soweit ist. Mach dir also keine Sorgen."

In den nächsten Tagen stellte Collin fest, dass Mano mit zwei jungen Indern das Räuchern, das Abfüllen der Essenzen und die Lagerung übernahm, während Angelika peinlich genau die Kosten für Rohstoffe und Löhne festhielt. Ein Blick auf ihre Journale zeigte ihm, dass er mit diesen Angaben leicht würde kalkulieren können. Außerdem ging Angelika mehrmals täglich zu den Frauen und brachte ihnen frisches Wasser mit Obstsaft oder ein paar Fladenbrote. Von Collin darauf angesprochen, sagte sie: „Es entstehen dadurch nur geringfügige Kosten, die Produktivität steigert sich dadurch aber deutlich spürbar." Collin nickte zum Zeichen des Einverständnisses und war im Stillen voller Bewunderung für Angelika.

Die Wehen begannen nachts, wie ihr Tapomay vorausgesagt hatte. Mano, der sich nicht von Angelika trennen wollte, schickte einen Jungen zur Hebamme um ihr mitzuteilen, dass Angelikas Zeit gekommen war.

Als Tapomay eintraf, hatte Angelika Wehen im 3-Minuten-Rhythmus. Die Hebamme wunderte sich, denn bei einer Erstgebärenden dauerte es in aller Regel länger. Aber sie schwieg. Vielleicht war es bei weißen Frauen anders, dachte sie. Und während Collin, nach dem Mano ebenfalls geschickt hatte, und er selbst im beginnenden Morgen vor der Hütte saßen, lag Angelika in den Presswehen. Jedoch nicht lange, denn schon zeigte sich das schwarz behaarte Köpfchen, bei der nächsten Wehe traten die Schultern aus, und dann war das Baby da und schrie aus Leibeskräften. Tapomay wickelte es in eines der bereit liegenden sauberen Tücher und reichte es Angelika.

„Rama, Krishna und alle Götter sind Ihnen gnädig", sagte sie „es ist ein Junge, der Ihnen Ehre und Reichtum bringen wird." Sie verneigte sich, wartete bis der Geburtsvorgang abgeschlossen war und reinigte Angelika und das Baby. Danach wickelte sie den Knaben in ein frisches Tuch und legte ihn Angelika in den Arm. Dann rief sie zur Tür hinaus:

„Die Sahibs können nun den Raum betreten und die Mutter und ihren Sohn sehen." Sie packte ihr Bündel, versprach, am Mittag noch einmal wieder zu kommen und verschwand, nachdem Collin ihr einige Münzen und Scheine in die Hand gedrückt hatte.

Kaum hatte Tapomay den Raum verlassen, stürzte sich Mano auf das Kind und nahm es in den Arm. Er wickelte es so weit aus dem Tuch, dass er das Geschlecht des Kindes erkennen konnte. „ Es ist tatsächlich ein Junge" sagte er mit Tränen des Glücks in den Augen und reichte das Baby an Collin weiter.

„Willst du ihn wirklich Robert nennen?" fragte Collin Angelika, während er die schwarzen Haare des Knaben betrachtete. Sein Blick fiel auf Mano. Auch er war dunkelhaarig. Und derzeit hatte Robert noch dunkelblaue Augen, wie die meisten Babys. Es sah sowohl ihm als auch Mano ähnlich, und es deutete rein gar nichts darauf hin, wessen Sohn Robert war.

„Ich nenne ihn Robert, ja, das hat zwei Gründe. Erstens mag ich den Namen sehr und zweitens gibt es ihn in England und in Deutschland. Damit werde ich euch beiden gerecht", fügte Angelika mit einem schelmischen Lächeln hinzu.

In der Morgendämmerung, als Angelika mit dem Baby an der Seite schlief und Collin in seine Pension gegangen war, ging Mano in die Fertigungshalle, um nach dem Rechten zu sehen. Alle Arbeiterinnen und Arbeiter wussten, dass ein Sohn geboren worden war, und da für die meisten von ihnen nur Mano, der ständig mit Angelika zusammen war, als Vater infrage kam, gratulierten sie ihm und beglückwünschten ihn zu einem Sohn. Er kaufte für alle Reiskuchen und glaubte in diesem Augenblick mit jeder Faser seiner Seele, dass Robert wirklich sein Sohn war.

Collin blieb fast drei Wochen und besuchte - sooft es möglich war - Angelika und Robert. Früher waren ihre Abende zu dritt immer lustig und unterhaltsam gewesen, jetzt bemerkte Angelika, dass zwischen den beiden Männern eine gewisse Spannung bestand. Diese Spannung ging von Mano aus, der Robert eifersüchtig bewachte. Nahm Collin ihn auf den Arm, kritisierte Mano die Art wie er das Kind hielt. Streichelte Collin den Kopf des Jungen, insistierte Mano, er möge nicht so viel Druck auf die noch weichen Schädelknochen ausüben, und wenn Collin zusah, wie Angelika Robert stillte, schob Mano ihn aus dem Raum und sagte, beim Trinken brauche das Kind Ruhe. Schließlich hielt Angelika es nicht mehr aus. Sie verkündete, wenn sich nicht ab sofort die Situation entspannen würde, nähme sie ihren Sohn und ginge.

Keiner der beiden Männer wagte zu fragen, wohin. Aber in den darauffolgenden Tagen nahmen die Eifersüchteleien spürbar ab. Schließlich kam der Tag, an dem Collin wieder zurück nach Hause fuhr. Er umarmte Angelika, küsste Robert und versprach, bald zurück zu kommen.

Nach Collins Abreise normalisierte sich das Leben für Angelika, Mano und Robert.

Angelika hatte wieder angefangen zu arbeiten und trug nach Art der indischen Mütter ihr Kind in einem Tragetuch am Körper. Sie hatte die Strapazen der Entbindung bemerkenswert gut überstanden und war schöner denn je. Auch Robert, der von ihr gestillt wurde, entwickelte sich prächtig. Er war ein ausgeglichenes Kind, quengelte nur, wenn er hungrig war oder frisch

gewickelt werden musste und strahlte aus seinem Tragetuch jedermann an, so dass er bald
der Liebling aller wurde. Selten verging ein Tag,
an dem er nicht eine schöne Blüte, ein Stück-
chen Saristoff oder eine andere kleine Gabe von
einer der Arbeiterinnen erhielt.

Kapitel 23

Kamal, der junge Inder, der das Haus versorgte, in das die kleine Familie in der Zwischenzeit gezogen war, brachte nun, da Robert zur Schule ging, diesen jeden Morgen in die Stadt und holte ihn nach dem Unterrichtsende auch wieder ab. Die Firma, die Angelika und Mano vor etlichen Jahren aufgebaut hatten, lief prächtig. Der Bedarf an den Produkten stieg in Großbritannien ständig, so dass sie mehr als hundert Männer und Frauen beschäftigten. Angelika beschränkte ihre Tätigkeit auf den kaufmännischen Bereich. Die Qualitätsprüfung, Lagerhaltung und den Versand übernahm Mano.

Indien war ihnen ein zweites Zuhause geworden, und selbst die Regenzeit, die in jedem Jahr die verschiedensten Probleme mit sich brachte, nahmen sie gelassen hin. Mano war seit drei Jahren Mitglied in einem Club, der neben Briten auch Weiße anderer Nationen aufnahm, und traf dort zweimal im Monat andere Geschäftsleute, Händler, Weltenbummler und den einen oder anderen Diplomaten. Meistens übernachtete er dann in einem dem Club angeschlossenen Hotel, da die Abende bei Spiel und Whiskey sich häufig in die Länge zogen. Frauen hatten zu diesem Club keinen Zutritt, deshalb verabredete sich Angelika gelegentlich mit Berit, einer Schwedin, die mit einem britischen Arzt verheiratet war. Häufig blieb sie aber allein zu Hause und las oder ging früh zu Bett. Alle drei bis vier Monate besuchte Collin Indien, mehr aus Gewohnheit, als aus Notwendigkeit. Er kam mit dem Flugzeug und blieb meist eine Woche. Jedes Mal betrachtete er Robert aufmerksam und suchte nach Zeichen der Ähnlichkeit. Robert hatte dunkelbraune Haare und grüne Augen und sah, was Gesichtsform und –schnitt betraf, seiner Mutter ähnlich.

Bei seinem letzten Besuch hatte Collin anklingen lassen, dass er das nächste Mal Robert mit nach Bombay nehmen werde, um dort die Vaterschaft feststellen zu lassen. Er platzte mit der Neuigkeit heraus, dass er zu Hause eine Frau kennengelernt habe, mit der es ihm ernst sei, und die er zu heiraten gedächte. Dazu müsse er aber wissen, ob er bereits Vater eines Sohnes sei. Mano sah diesem nächsten Besuch besorgt entgegen. Die Angst, dass Collin und nicht er Roberts Erzeuger sein könnte, nagte an ihm. Einzig die bevorstehende Eheschließung von Collin und damit die Gewissheit, dass dieser ihm Angelika nicht wegnehmen werde, spendete ihm Trost.

Zu Roberts achtem Geburtstag kam Collin wieder nach Indien und machte ein geheimnisvolles Gesicht.

„Höre, kleiner Mann", sagte er. „Wir beide, du und ich, machen zusammen eine Reise. Mehr wird noch nicht verraten. Das ist mein Geschenk für dich." Und als Robert abends im Bett lag und schlief, eröffnete Collin Angelika und Mano, dass er mit Robert nach Bombay fahren werde, wo er die entsprechenden Untersuchungen bezüglich der Vaterschaft vornehmen lassen wolle. Anschließend werde er mit ihm nach England fliegen und ihn zwei Monate später wieder zurückbringen. Dies werde für eine längere Zeit seine letzte Reise nach Indien sein, da er plane, danach zu heiraten. Er zog das Foto einer jungen Frau aus seiner Brieftasche und legte es auf den Tisch.

„Dies ist Cathrin, meine zukünftige Frau" sagte er. Angelika musterte das Bild aufmerksam. Cathrin schien groß zu sein, sie war schlank, trug die rotblonden Haare aufgesteckt und sah sehr distinguiert aus. Angelika schätzte sie auf Anfang Dreißig.

„Cathrin ist die Tochter unseres Familienanwalts" sagte Collin. Unsere Familien kennen sich schon sehr lange. Da sie aber zehn Jahre jünger ist als ich, habe ich ihr früher nie viel Beachtung geschenkt. Sie hat ein paar Jahre in den Staaten verbracht, und erst als sie wieder nach England kam, habe ich sie wahrgenommen und mich prompt in sie verliebt."

Er sagte dies mit einem glücklichen Lächeln auf seinem Gesicht, das Angelika einen kleinen Stich versetzte. Mano beglückwünschte ihn wieder und wieder, und die Freude auf seinem Gesicht ließ die Frage offen, ob sie Collin und seinem neu erworbenen Glück oder der Tatsache, einen Nebenbuhler los zu sein, galt.

Einige Tage später brachten Angelika und Mano Collin und Robert zum Flughafen und winkten noch, als das Flugzeug schon längst in der Luft war.

Mano hatte vor, in der Stadt zu bleiben, da heute sein Clubabend war und Angelika nahm sich ein Taxi nach Hause.

In ihrer Wohnung ging sie unruhig auf und ab. Bald würde sie Vierzig sein, jedenfalls wenn man ihrem Pass Glauben schenkte. In Wirklichkeit zählte sie fast Zweiundvierzig Jahre. Ihr letzter Liebhaber hatte sich entschlossen zu heiraten. Nun gut, schon seit einiger Zeit schlief er nicht mehr mit ihr, wenn er nach Indien kam. Aber heiraten und eine eigene Familie gründen war irgendwie endgültiger. Sie verhehlte sich nicht, dass die Eifersucht ihr zu schaffen machte. Sie trat vor den Spiegel, zog sich aus und sah sich an. Schlank war sie noch immer, aber die Zeit und das Klima hatte ihr Gesicht geprägt. Die Jugend war unwiederbringlich dahin. Bald würde auch ihr Körper schlaff werden. Und wer würde sich dann noch nach ihr umdrehen?

Da war noch Mano, der zuverlässig und fürsorglich war, sie – da konnte sie sich ganz sicher sein – hingebungsvoll liebte, dem jedoch die Leidenschaft, die ihr bei Männern immer wichtig gewesen war, völlig abging. Er liebte sie sanft und zärtlich, nie wild und leidenschaftlich.

Selbstvergessen starrte sie sich im Spiegel an und überhörte das leise Klopfen. Als die Tür einen Spalt breit geöffnet wurde, schrak sie zusammen. Sie drehte sich um und blickte in Kamals schwarze Augen, die sie begehrlich musterten. Da erst wurde ihr bewusst, dass sie nackt war. Ihre Blicke trafen sich und Angelika fragte: „Ja, Kamal, was ist?"

Kamal wandte den Blick nicht von ihr und sagte mit krächzender Stimme: „Ich wollte fragen, ob Memsahib noch einen Wunsch hat."

Sie lächelte ihn an und sagte: „Vielleicht. Komm doch herein."

Bevor der Tag anbrach, schickte sie ihn weg. Sie hoffte, er würde schweigen. Sie hatte ihm in aller Deutlichkeit gesagt, dass sie ihn aus dem Haus jagen würde, falls er zu irgendjemand auch nur ein Sterbenswörtchen sagen sollte. Im Gegenzug für seine Diskretion hatte sie ihm weitere Nächte wie die vergangene in Aussicht gestellt. Sie und er waren jeden Morgen allein im Haus, wenn Mano in der Fabrik weilte. Und der Gedanke an weitere leidenschaftliche Liebesakte ließ sie schon jetzt freudig erschauern.

Als Mano nach Hause kam - noch ein wenig verkatert von dem Whiskygenuss des vergangenen Abends - fand er Angelika in aufgeräumter Stimmung über den Büchern sitzend. Sie summte leise vor sich hin.

„Das wird in den nächsten Wochen ein stilles Haus sein, wenn Robert nicht da ist", waren seine ersten Worte, mit denen er sie begrüßte.

Sie nickte nur und fragte: „Hast du schon ge-
frühstückt? Kamal hat für dich Essen in den Eis-
schrank gestellt." Er schüttelte den Kopf. „Ich
hab keinen Hunger" sagte er. Wenig später verließ er das Haus, um zur Fabrik zu fahren.

Kapitel 24

Angelika und Kamal liebten sich mehrmals in der Woche, immer am Vormittag, wenn Mano abwesend war, und am Abend schlief Angelika mit Mano, der ihre verstärkte Aktivität darauf zurückführte, dass Robert nicht im Haus war.

Am Anfang der zweiten Woche erhielt Angelika einen Anruf von Collin, der ihr mitteilte, sie seien gut in England angekommen, Robert sei begeistert von allem Neuen und sie verstünden sich prächtig. Als Angelika Mano von dem Anruf berichtete, sagte er: „Wahrscheinlich gefällt es Robert hier gar nicht mehr. Das fürchte ich am meisten. Er fehlt mir jeden Tag mehr, und ich könnte es nicht ertragen, ohne ihn zu leben."

„Mach dir darüber keine Gedanken" sagte Angelika. „Alles Neue wird auch alt, wenn man es jeden Tag um sich hat. Robert ist zudem Europäer, hat aber außer Kalkutta noch nichts kennengelernt. Er hat ein Recht darauf, dort zu sein, wo seine Wurzeln liegen."

„Macht es dir das denn gar nichts aus, dass er zwei Monate weg ist?"

„Solange ich weiß, dass es ihm gut geht, komme ich damit klar."

Damit war das Gespräch beendet. Manos Kopfschütteln hatte Angelika nicht gesehen.

Es war gerade die halbe Zeit von Roberts Abwesenheit um, als Angelika sich müde und schlapp fühlte, schmerzende Gelenke hatte und sich zu ihrer Arbeit zwingen musste. Zudem war sie verärgert, da Kamal schon seit mehr als einer Woche nicht mehr ins Haus kam. Seine Schwester hatte Angelika ausgerichtet, er sei krank und angeboten, dass sie die Hausarbeit übernehmen könne, bis Kamal wieder hergestellt sei. Angelika fragte sich im Stillen, ob das eine Ausrede war und Kamal genug von ihr hatte. Es fiel ihr schwer, das zu glauben, denn bisher hatte er jede Gelegenheit genutzt, um mit ihr intim sein zu können. Andererseits hatte er die Leidenschaft vielleicht nur vorgetäuscht - eines zu erwartenden finanziellen Vorteils wegen. Sie würde abwarten und sehen, wie sich die Dinge weiter entwickelten.

Während Angelika ihren Tee trank und überlegte, ob sie den alten Lal um ein Mittel gegen die Schmerzen bitten sollte, kam Mano nach Hause. Er war blass und hatte leichtes Fieber. Auch war ihm übel. Angelika schickte ihn ins Bett und sagte, er solle sich ausschlafen. Gegen Abend ging sie ins Schlafzimmer und fand Mano, den Bauchschmerzen plagten, zusammengekauert im Bett liegen. Als sie ihn zu sich drehte, nahm sie eine leichte Gelbfärbung seiner Haut war. Sie schickte nach dem alten Lal, der ein bedenkliches Gesicht zog. Er gab Angelika zwei kleine Fläschchen und erklärte ihr, wie die Tinkturen zu verabreichen seien. Der nächste und übernächste Tag brachte keine Besserung, und als am dritten Tag das Fieber merklich stieg, beschloss Angelika, Mano ins Krankenhaus in die Stadt zu bringen.

Der Arzt, der ihn untersuchte fragte, ob er etwas gegen Malaria nehme. Angelika bestätigte, dass dies der Fall sei. Nach dem Abtasten des schmerzenden Leibs schlug der Arzt vor, Mano in der Klinik zur Beobachtung und zur weiteren Diagnostik zu lassen. Angelika versprach, am nächsten Tag wieder zu kommen und fuhr nach Hause. Sie machte sich Sorgen. Von den Tropenkrankheiten die hier schubweise auftraten, hatte sie schon gehört. Ob sich eine Epidemie ankündigte? Hatten Mano und Kamal etwa die gleich Krankheit? War es am Ende gar Dengue-Fieber?

Nach einer nahezu schlaflosen Nacht fuhr Angelika wieder ins Krankenhaus. Mano lag in einem Zimmer, das sie nicht betreten durfte. Der behandelnde Arzt sagte ihr, dass es sich vermutlich um eine ansteckende Infektion handle, und bevor die Untersuchungen nicht abgeschlossen seien, könne er ihr nicht erlauben, den Raum zu betreten. Mano schlief. Sie konnte ihm noch nicht einmal einen Gruß zuwinken. Unglücklich über die Umstände fuhr Angelika wieder nach Hause.

Sie stürzte sich in die Arbeit, ignorierte ihre Gliederschmerzen, trank Tee, fuhr zur Fabrik, um nach dem Rechten zu sehen und kam zerschlagen und müde abends zu Hause an. Das Essen, das Kamals Schwester für sie zubereitet hatte, rührte sie kaum an. Sie legte sich ins Bett und schlief fast augenblicklich ein. In der Nacht erwachte sie, in Schweiß gebadet. Ihr Herz hämmerte im Brustkorb und eine Angst, die tief in ihrem Inneren entstand und sich kontinuierlich über ihren ganzen Körper ausbreitete, ließ sie zittern. Sie entzündete alle Lichter, weil ihr die Dunkelheit mit einem Mal noch mehr Angst bereitete, kochte sich Tee und wartete auf den Morgen. Bei der ersten Dämmerung duschte sie, zog sich an und machte sich fertig, das Haus zu verlassen, als das Telefon klingelte.

Es war das Krankenhaus. Eine emotionslose Männerstimme teilte ihr mit, das Mano leider in der Nacht verstorben sei und sie bitte ins Krankenhaus kommen möge. Angelika war wie gelähmt. Sie stand, den Hörer in der Hand, und war zu keiner Reaktion fähig.

Als eine Stunde später Kamals Schwester ins Haus kam, fand sie Angelika am Tisch sitzen und immer wieder „nein, nein, nein" murmeln. Erst nach mehrmaligem Rütteln an Angelikas Schulter war diese in der Lage zu sagen, was geschehen war. Lal wurde gerufen und gab Angelika ein Stärkungsmittel. Ein paar Frauen aus der Nachbarschaft kamen ins Haus und erboten sich, mit ihr ins Krankenhaus zu fahren. Sie lehnte dankend ab und rief ihre Freundin Berit an, die versprach, sofort zu kommen.

Berit und ihr Mann, der als Arzt in einer anderen Abteilung des Krankenhauses arbeitete,   halfen Angelika, die notwendigen Formalitäten zu erledigen. Mano sollte eine Feuerbestattung erhalten und die Urne mit der Asche Angelika ausgehändigt werden. Kaum wieder zurück in ihrem Haus, rief Angelika Collin an und erzählte ihm die traurige Neuigkeit. Collin war fassungslos und schluchzte, wie sie deutlich hören konnte. Mano war seit Jahren sein bester Freund gewesen, und der Verlust traf ihn schwer. Er entschuldigte sich nach Fassung ringend und versprach, Angelika am nächsten Tage wieder anzurufen.

Bei diesem folgenden Telefongespräch sagte Angelika ihm, dass sie von Indien genug habe und nach Europa zurückkehren wolle. Collin sagte zu, er werde mit dem nächsten Flugzeug nach Kalkutta kommen, allerdings ohne Robert, da er befürchte, dass das Kind sich auch noch infizieren werde. Der Junge könne bei seinen Eltern bleiben, mit denen er sich blendend verstehe und die viel Freude an ihm hätten.

Das Wiedersehen ein paar Tage später war ein trauriges. Berits Mann hatte Angelika erzählt, dass Mano an den Folgen einer akuten Hepatitis B verstorben war. Warum die Krankheit in seinem Körper so aggressiv gewütet hatte, konnte er nicht sagen, denn es sei ausgesprochen selten, dass die Infektion zum Tode führt. Ob Mano denn nicht geimpft gewesen sei? „Unser Aufbruch geschah so plötzlich, dass niemand von uns daran gedacht hat" gab Angelika zu.

Nun saß sie mit Collin im Büro und bemühte sich, sachlich zu bleiben.

„Die Produktion hier läuft einwandfrei" sagte sie. „Wir haben einen stellvertretenden Betriebsleiter, halb Inder, halb Engländer, der sich gut auskennt und vertrauenswürdig ist. Er kann die Firma so lange leiten, bis du jemand gefunden hast, der die Geschäftsführung übernimmt."

„Die Bücher sind auf dem neuesten Stand" fuhr sie fort. „Wir hatten im letzten Jahr einen Zuwachs von 13 %. Tendenz steigend. Die letzte Fracht ging vor 9 Tagen ab, die nächste ist erst in rund einem Monat fällig. Aber das weißt du ja selbst."

Collin nickte. „Ich muss dir auch etwas sagen. Robert ist mein Sohn, das steht zweifelsfrei fest. Und ich würde es gern sehen, dass er in England zur Schule geht. Ich habe ein ausgezeichnetes Internat gefunden, das ihn auch aufnehmen wird. Die Kosten übernehme selbstverständlich ich. Zum anderen möchte ich dir vorschlagen, ein Geschäft für unsere Artikel in Deutschland zu eröffnen. Zurzeit sind in Europa sogenannte Teestuben stark im Kommen. Dort wird Tee serviert und es brennen Räucherstäbchen. Zusammen mit unserem Sortiment vermittelst du dann genau die Atmosphäre, die gerade in Mode ist, und ich bin sicher, dass du mit dem Verkauf unserer Produkte sehr erfolgreich sein wirst."

Angelika nickte. „Gib mir bis morgen Bedenkzeit. Dann habe ich meine Entscheidung getroffen, sowohl was mit Robert weiter geschehen soll, als auch was den geschäftlichen Teil betrifft."

„Selbstverständlich."

„Ach, und noch etwas" sagte Angelika. „Kannst du heute Nacht hier bleiben? Du kannst in Roberts Zimmer schlafen." Collin willigte ein und wünschte Angelika eine gute Nacht.

Das Frühstück am nächsten Morgen wurde von Kamal serviert. Er sagte: „Es tut mir sehr leid, das mit Sahib Mano. Ich hatte mehr Glück als er. Meine Hepatitis ist geheilt." Den entsetzten Blick Angelikas konnte er nicht sehen, sie hatte sich abgewandt. „Mein Gott", dachte sie, „dann bin ich wohl Schuld an Manos Tod." Als Collin hereinkam hatte sie sich wieder soweit im Griff, dass das Zittern ihrer Hände unbemerkt blieb.

„Ich nehme deine Vorschläge an." Mit diesen Worten begrüßte sie Collin. „Ich habe nachgedacht und denke, ich würde gern nach Westberlin gehen. Was hältst du davon?"

„Scheint mir erfolgversprechend" sagte Collin. „Und was ist mit Robert?"

„Auch akzeptiert, vorausgesetzt, ich kann ihn in den Ferien sehen."

„Auch das sollte kein Problem sein. Die Einzelheiten erledigt unser Anwalt."

„Dein Schwiegervater in spe?"

„Genau der."

„Hast du Robert gesagt, dass Mano gestorben ist?"

„Noch nicht. Ich will ihn nicht allein lassen, bis er es verkraftet hat. Ich sage es ihm, wenn wir wieder in Europa sind. Oder willst du es ihm sagen?"

„Nein. Mach du es so, wie du es für richtig hältst. Weiß er, dass du sein Vater bist?"

„Ja, das habe ich ihm gesagt."

„Und wie hat er es aufgenommen?"

„Wie ein Kind. Er sagte: „Dann habe ich ja zwei Väter, das ist lustig." Auch diesen Sachverhalt werde ich ihm noch näher erklären." Er blickte Angelika an. Dann fragte er:

„Wie lange brauchst du, um deinen Haushalt hier aufzulösen?"

„Ich habe mir gedacht, dass das Haus der nächste Geschäftsführer bewohnen kann. Möbel und Hausrat würde ich dann gegen Zahlung einer Abstandssumme hier lassen und nur meine persönlichen Sachen und die von Robert mitnehmen. Das kann ich in zwei Tagen erledigt haben."

„Gut, wir fliegen in vier Tagen. Du hast also noch Zeit, dich von Freunden zu verabschieden."

„Danke. Dann lass uns jetzt zur Firma fahren und die Übergabe vorbereiten."

Eine halbe Stunde später verließen sie das Haus. Angelikas Hände hatten aufgehört zu zittern.

Kapitel 25

Collin hatte dafür gesorgt, dass sein zukünftiger Schwiegervater bereits in Berlin Quartier genommen hatte, als Angelika ankam. Sie trug lediglich zwei Koffer bei sich, ihre anderen Besitztümer würden per Luftfracht nachkommen. In diesem Gepäck war auch Manos Asche, deklariert als Pottasche. Sie hoffte inständig, dass niemand die Asche einer Untersuchung unterzog und ihr dadurch Schwierigkeiten ins Haus stünden.

Berlin war ihr fremd. Sie kannte nichts und niemanden, und so stellte sie sich in die Reihe der Wartenden am Schalter der Information, als eine Hand sie vorsichtig an der Schulter berührte.

„Frau Ostrowski?" fragte eine sonore Stimme in englischer Sprache.

Angelika nickte und fragte zurück: „Und wer sind Sie?" Der Mann stellte sich als Rechtsanwalt Simon Frobisher vor. Angelika war in diesem Moment klar, dass es sich um den zukünftigen Schwiegervater von Collin handeln musste. Der Anwalt erklärte ihr, dass Collin in gebeten hatte, für sie eine Pension zu suchen, in der sie wohnen sollte, bis ihre Suche nach einer Wohnung und einem Ladenlokal erfolgreich beendet sei. Er winkte ihr, ihm zu folgen und sah sich nach einem Gepäckträger um, die jedoch alle bereits mit den Koffern anderer Flugreisender beschäftigt waren. Wohl oder übel nahm er selbst einen Koffer in die Hand und ging mit Angelika zum

Taxistand. Er brachte sie zu einer gemütlich aussehenden Pension und bat sie, nein, es war mehr eine Anweisung als eine Bitte, sich am frühen Nachmittag bereit zu halten. Er werde sie informieren, wohin sie fahren solle, nachdem er mit dem Makler, den er bereits am Vortag aufgesucht hatte, telefoniert hätte.

Als Angelika allein in Ihrem Zimmer war, holte sie ihren Waschbeutel aus dem Koffer und ging über den Gang ins Badezimmer.

Nach dem Bad fühlte sie sich nicht mehr ganz so zerschlagen, zog einen schlichten Anzug im typisch indischen Stil an, frisierte und schminkte sich sorgfältig und ging hinunter in das kleine Frühstückszimmer in der Hoffnung auf einen Tee oder Kaffee. Hunger verspürte sie keinen, jedoch hätte sie gerne etwas Heißes getrunken. Das junge Mädchen, das die Tische für den morgigen Tag neu eindeckte, hörte sich Angelikas Bitte an, spähte durch die Tür zur Rezeption und sagte: „Sie haben Glück, Walter hat Dienst. Er macht ihnen bestimmt einen Kaffee."

Mit dem Kaffee in der Hand setzte sie sich in einen der schon ein wenig abgeschabten Sessel und wartete auf den Anruf von Mr. Frobisher. Pünktlich um halb Drei läutete das Telefon. Er nannte ihr eine Adresse und legte auf. Angelika fragte an der Rezeption, wo die angegebene Adresse sei. Der Mann am Empfang antwortete:

„Da könnse loofen. Die Sächsische Straße lang, über die Lietzenburger und rin in de Bleibtreu. Keene 10 Minuten."

Angelika bedankte sich und machte sich auf den Weg. Sie fand die Adresse auf Anhieb, denn vor dem Haus stand Mr. Frobisher mit einem Mann, der Angelika an einen Frosch erinnerte. Er war klein, untersetzt, hatten ein rundes Gesicht mit Augen, die ein wenig vorstanden und einen großen Mund, der völlig lippenlos wie ein Strich sein Gesicht durchschnitt. Er begrüßte Angelika mit einer Grimasse, die vermutlich ein Lächeln darstellen sollte, jedoch nur den Strichmund noch breiter erscheinen ließ. Mr. Frobisher indessen musterte die Kleidung Angelikas mit einem nicht zu übersehenden Missfallen.

Der Frosch, der eigentlich Edgar Rotteck hieß und Makler war, zeigte ihnen Räume im Erdgeschoss des Hauses, vor dem sie sich getroffen hatten. Da war ein großer Raum mit einem Schaufenster und einem Durchgang nach hinten. Dort befanden sich ein weiterer großer Raum ohne Fenster und ein kleinerer, der als Büro dienen konnte. Eine Tür in dem fensterlosen Raum führte auf den Innenhof. Dort stand ein kleines Gebäude, das an eine Garage erinnerte, in der sich zwei Toiletten, ein Waschbecken und ein Spülbecken aus Stein befanden.

„Den Bereich müssten Sie sich mit der Hutmacherin von nebenan teilen" sagte Rotteck.

„Ab wann wären die Räume frei?" fragte Angelika.

„Sie könnten sofort einziehen" antwortete Rotteck.

Jetzt mischte sich Mr. Frobisher in das Gespräch und forderte Angelika auf, zu übersetzen, da sein Deutsch nicht ausreichte, um die Verhandlungen über die Einzelheiten des Vertrages zu führen.

Schließlich setzten sie ein Dokument auf, das ein Mietverhältnis für 3 Jahre mit Option auf Verlängerung zum Inhalt hatte. Die Schlüssel konnten sofort in Empfang genommen werden, Mietbeginn sollte der nächste Erste sein. Die verbleibende Zeit würde zur Renovierung und Einrichtung benötigt werden und blieb mietfrei, dafür übernahm die Mieterin die Kosten für Anstrich und was sonst noch nötig sein würde. Über den Preis wurde noch ein wenig gefeilscht, dann war auch dieser Punkt geklärt, und als der Vertrag endlich die entsprechenden Unterschriften trug, atmeten alle auf. Bevor sich Frobisher von dem Makler verabschiedete sagte Angelika zu Letzterem: „Hätten Sie vielleicht auch eine Wohnung für mich. Sie sollte hier in der Nähe sein und zwei oder drei Zimmer haben."

Rotteck strahlte. „Kommen Sie morgen früh, so gegen 10.00 Uhr in mein Büro auf dem Kudamm. Dann zeige ich Ihnen eine Wohnung, von der Sie begeistert sein werden. Genau das, was Sie suchen. Zentral gelegen und dennoch ruhig. Sogar ein Balkon gehört zu der Wohnung.

Und der Preis stimmt auch." Mit einem Winken verabschiedete er sich und eilte mit watschelnden Schritten davon.

Mr. Frobisher fragte: „Möchten Sie die Kleider wechseln, bevor wir zur Bank gehen?"

„Das ist weder möglich, noch nötig" sagte Angelika, „ich besitze nur diesen Anzug und etwa ein Duzend einfacher indischer Kleider. Ein Kostüm, oder etwas in dieser

Art besitze ich nicht. Vor 10 Tagen wusste ich noch nicht einmal, dass ich wieder nach Deutschland fliegen würde."

„Woher kennen Sie eigentlich Collin Suttcliffe?" stellte Mr. Frobisher die Frage, die ihm schon die ganze Zeit unter den Nägeln brannte. „Aha", dachte Angelika, „entweder hat Collin dem alten Knaben verschwiegen, dass er einen Sohn hat, oder er hat ihm nicht erzählt, dass ich die Mutter dieses Kindes bin."

„Mein Mann war der beste Freund Ihres zukünftigen Schwiegersohns. Über Mano habe ich Collin kennengelernt."

„Ach so" sagte Mr. Frobisher ausdruckslos, aber Angelika glaubte ein erleichtertes Aufatmen zu hören.

Am Abend dieses Tages, als Angelika wieder in ihrer Pension war, musste sie zugeben, dass Mr. Frobisher was die geschäftlichen Aspekte betraf, gar nicht übel war. Er hatte die Angelegenheit mit der Bank bravourös geregelt, die übrigen amtlich notwendigen Schritte würde ein deutscher Anwalt, mit dem er bekannt zu sein schien, für sie erledigen. Sie hatte eine Anzahl Unterschriften geleistet, zuletzt unter einen Vertrag, der ihre geschäftlichen Vereinbarungen mit Collins und seines Vaters Firma regelte. Das kleine Vermögen, das sie mit Mano erwirtschaftet hatte, sowie ihr noch vorhandenes privates Geld, das sie aus der Zeit mit Bertram besaß, reichten aus, um sich neu einzukleiden und eine Wohnung einzurichten. Und sobald der Laden renoviert war, und die Waren aus Indien angekommen, gedachte sie, genügend Geld zu verdienen, um ihren Lebensunterhalt bestreiten zu können.

Die Wohnung, die sie am nächsten Tag besichtigte, entsprach ihren Vorstellungen, und die Miete war für sie erschwinglich. Danach kaufte sie Farbe, Pinsel, Spachtel und was sonst noch nötig war und ließ alles zum Laden in der Bleibtreustraße bringen. Als sie aufschloss, stand ein älterer korpulenter Mann neben ihr und sagte:

„Hat die Kröte es doch noch geschafft, den Laden jemanden anzudrehen."

Angelika blickte den Mann an: „Wie meinen Sie das?"

„Na, das Ding steht doch seit dem Mord leer, wollte keener rin. Ich bin übrigens der Wirt von gegenüber. Karl Kubitsch mein Name."

Angelika blickte auf die andere Straßenseite, wo eine kleine urige Kneipe lag.

„Angelika Ostrowski" sagte sie. „Welcher Mord?" fragte sie dann irritiert.

„Sie sind wohl nicht von hier, wa? Da war einer drin, den hat die Mafia umgenietet." Und mit einem Blick in Angelikas entsetztes Gesicht: „Dat war eener, der hat mit Allet jehandelt. War mir von Anfang an nich geheuer. Mal war'n es Fernseher, mal Bilder und Möbel, mal Gold-schmuck. Und immer so komische Leute, die kamen und gingen. Und Lieferungen hat der nachts gekriegt. Dat war nich koscher. Und ei-nes Tages kam ein schwarzes Auto, einer stieg aus, dann hattet jeknallt, und da war er tot. Der Wagen ist wegjefahren, und paar Minuten später kam die Polente. Ich sach Ihnen, dat war die Mafia."

„Wie lange ist das jetzt her?"

„Ungefähr vier Monate."

„Hat man den Täter verhaftet?"

„Ne, meine Jute, keene Spur von. Aber nu gu-cken Se mal nich so verhuscht. Kommse erst mal mit rüber, meine Alte kennenlernen" fügte er mit einem gutmütigen Lachen hinzu.

Als Angelika eine Stunde später über die Straße zu ihrem Ladenlokal ging, kannte sie den neuesten Stadtteilklatsch und hatte gleichzeitig neue Freunde gefunden.

Kapitel 26

Es waren mehr als zwei Wochen harter Arbeit nötig, bis das Ladenlokal renoviert und eingerichtet war. Dank der Hilfe von Karl und seiner Frau Putti erstand Angelika auf den verschiedenen Flohmärkten alles, was sie an Regalen, Sitzmöbeln und Tischchen benötigte. Selbst einen schweren alten Schreibtisch für ihr Büro organisierte Karl und sorgte mit seinem Lieferwagen für den Transport. Die Ware aus Indien war bereits beim Zoll und musste nur noch abgeholt werden. Als sie fragte, welche Spedition er ihr empfehlen könnte, schüttelte er den Kopf.

„Keene Spedition" war sein einziger Kommentar. Das macht der Jürgen." Und tatsächlich stand am nächsten Tag ein vierschrötiger Mann vor ihrem Laden, der aus einem LKW mit Hamburger Kennzeichen gestiegen war. Er verlangte für die Fuhre 50 Mark und half beim Ein- und Ausladen tatkräftig mit. Danach fuhr er davon.

Karl sagte dazu nur: „So geht det hier."

Angelika dekorierte ihr neues Geschäft und hoffte, dass die Plakate, die sie in verschiedenen Geschäften ausgehängt hatte, ihre Wirkung taten. Mehr jedoch war es die Mund-zu-Mund-Propaganda, die die ersten Besucher kommen ließ. Es war die Neugier, wer denn jetzt im „Mordhaus" einen Laden eingerichtet hatte und – wie Collin schon richtig erkannt hatte – das Bedienen eines neuen Trends. Nach zwei Wochen fanden sich bereits die ersten Stammkunden,

die bei einer Tasse Tee in der nach Räucherstäbchen duftenden Atmosphäre saßen und sich
beim Gehen mit Gewürzen, Duftölen oder Zierrat
eindeckten. Schnell hatte Angelika herausge-
funden, dass die kleinen Messingelefanten besonders beliebt waren. Jeden Tag notierte sie
sich die Dinge, nach denen gefragt wurde, die
sie aber nicht auf Lager hatte. Ihre nächste Bestellung würde diese Wünsche berücksichtigen.

Obwohl sich Angelika mit einigen Kleidungsstü-
cken, die dem hiesigen Modetrend und vor allem
dem wechselhaften Wetter entsprachen, versehen hatte, trug sie im Geschäft vorwiegend die
indischen Kleider, Tücher, Schals und Jacken.
Es passte zum Stil Ihrer Kollektion und kurbelte
den Absatz an. Am Ende des ersten Monats zog
sie für sich eine Bilanz. Sie hatte bereits – nach
Abzug der Fixkosten – ein leichtes Plus erwirtschaftet und eine Menge Leute kennen gelernt.
Sie nahm sich vor, am Sonntag die Innenstadt
zu erkunden und vielleicht einen Blick auf die
Berliner Mauer zu werfen. Bisher war sie noch
nicht dazu gekommen. Außerdem hatte sie seit
wenigen Tagen einen Telefonanschluss in ihrer
Wohnung und würde Robert anrufen.

Die Tage vergingen wie im Flug, wurden zu Wochen, zu Monaten. Angelika arbeitete fleißig und
machte gute Umsätze. Sie hatte inzwischen das
kleine Büro zur Teestube umfunktioniert, um im
vorderen Bereich mehr Platz für die Präsentation
ihrer Ware zu haben. Wenn der Laden schloss,

ging sie nach Hause und saß über ihren Büchern, den Bestellungen und den Lagerlisten. Am Wochenende versorgte sie Wohnung und Balkon, kaufte Lebensmittel ein, wusch und kochte, und nur am Sonntag nahm sie sich ein paar Stunden für einen Bummel oder das Treffen mit Bekannten. Allmählich merkte sie, dass das Arbeitspensum sie an ihre Grenzen brachte. Kurz entschlossen hängte sie ein Schild in ihr Geschäft mit dem Hinweis, dass sie stundenweise Hilfe benötigte. Sie entschied sich für zwei junge Leute, Harry und Laura, beides Studenten. Nach diesen beiden kamen Lutz und Ulrike, danach Sarah und Hartmut bis Angelika sich entschloss, eine feste Kraft einzustellen. Sie suchte sorgfältig und fand einen jungen Mann, der aufgrund seines Aussehens gut zu ihrem Geschäft passte. Sein Vater kam aus Pakistan, seine Mutter war Deutsche. Er war Mitte Zwanzig, hatte sein Studium abgebrochen und suchte eine Festanstellung, die es ihm ermöglichte, auf eigenen Beinen zu stehen. Er hieß Zeyshan, nannte sich aber Shany.

Mit ihm machte Angelika einen wahren Glücksgriff, denn Shany verstand es nicht nur, die Waren der vorwiegend weiblichen Kundschaft schmackhaft zu machen, sondern führte auch die Journale ordentlich und sorgte dafür, dass ständig frischer Tee zur Verfügung stand. Schon während der dreimonatigen Probezeit ließ ihn Angelika immer einmal wieder für einen halben Tag allein im Geschäft und stellte freudig fest, dass der Umsatz stets gleichbleibend, ja sogar manchmal höher war als üblich.

Nach einem halben Jahr sagte sie zu ihm: „Ich fühle mich momentan nicht besonders gut. Glaubst du, du könntest das Geschäft eine Woche lang allein führen? Sobald die neue Ware da ist, würde ich gerne mal Urlaub machen. Seit ich in Berlin bin, habe ich noch keine zwei Tage am Stück frei gehabt."

„Ich sehe kein Problem darin, den Laden allein zu führen" antwortete Shany „und falls du es mir nicht übel nimmst: Du siehst wirklich nicht gut aus. Mach Ferien. Ich komme klar, ganz bestimmt."

Mitte Mai flog Angelika nach Italien. Sie hatte sich im Reisebüro beraten lassen und auf Ischia ein Hotel gefunden, das neben den üblichen Annehmlichkeiten auch noch über ein Schwimmbad und eine Massagepraxis verfügte. Sie genoss die Zeit und sah tatsächlich erheblich besser aus, als sie wieder ihre gewohnte Tätigkeit aufnahm. Shany hatte sie nicht enttäuscht und von da an nahm sie sich gelegentlich eine Auszeit. Hatte Shany zwischendurch einmal Urlaub, fehlte er ihr – beziehungsweise dem Geschäft – an allen Ecken und Enden. Zwischen ihr und ihm hatte sich im Laufe der Zeit eine freundschaftliche Beziehung entwickelt, und oft gingen sie nach Ladenschluss noch auf ein Bier und eine Bulette zu Karl und Putti. Shany hatte zwischenzeitlich ein Mädchen kennen gelernt, mit dem er sich immer öfter traf. Manchmal holte ihn Trixie abends ab, und sie gingen dann zu dritt eine Kleinigkeit essen oder saßen an warmen Abenden vor einem der Straßen-Cafés und aßen Eis oder tranken eine Berliner Weiße.

Eines Abends – es waren die letzten goldenen Oktobertage - fragte sie die beiden:

„Wollt ihr eigentlich heiraten oder seid ihr euch noch nicht sicher, ob eure Beziehung dafür ausreicht?"

Trixie antwortete: „Sicher sind wir uns, aber ich habe noch keine Stelle gefunden. Ich jobbe noch. Und bevor ich heirate, möchte ich auf eigenen Füßen stehen können."

Angelika wusste, dass Trixie nach ihrer Ausbildung zur Kosmetikerin noch eine weitere Ausbildung zur Heilpraktikerin abgeschlossen hatte. Dass sie in den bestehenden Praxen noch keine Anstellung gefunden hatte, lag vermutlich daran, dass die meisten Heilpraktiker allein arbeiteten. Es gab nur sehr wenig große Praxen, die mit mehr Personal ausgestattet waren, die Stellen waren also rar.

„Ich habe da eine Idee" sagte Angelika. „Könntet ihr euch vorstellen, das Geschäft mit einer Heilpraktiker-Praxis zu kombinieren? Denkt einfach mal darüber nach. Und wenn ihr zu einem Ergebnis gekommen seid, reden wir wieder darüber."

„Willst du das Geschäft verkaufen?" fragte Shany.

„Möglicherweise."

„Und was willst du dann machen?"

Angelika lachte. „Na vielleicht jobbe ich dann in eurem Laden."

Sie alberten noch ein wenig herum, dann gingen sie nach Hause. Dort setzte ich Angelika auf ihren Balkon und überlegte. Wenn sie das Geschäft auf Rentenbasis verkaufte, könnte sie sich mehr Ruhe gönnen. Sie fühlte sich älter als sie an Jahren war und sie ahnte, was die Ursache sein könnte. Sie sprach jedoch mit niemandem darüber. Bald würde Robert seinen Abschluss haben und danach studieren. Er war ganz der Sohn seines Vaters, sehr britisch, wie sie fand, und sehr gut aussehend. Er würde seinen Weg machen.

Sie ging in die Küche und kochte sich einen Tee. Da fiel ihr Blick auf den Stapel der Illustrierten, den ihr Gilla aus dem Frisörsalon an der Ecke vor ein paar Tagen mitgebracht hatte. Sie musste sie unbedingt entsorgen. Sie las solche Blätter nicht, aber Gilla meinte es gut, und so hatte sie ihr noch nie gesagt, dass sie die Hefte ungelesen wegwarf. Jetzt nahm sie die oberste Zeitung auf und blätterte sie lustlos und oberflächlich durch. Da fiel ihr Blick auf ein Gesicht, das ihr seltsam vertraut vorkam. Es war ein Schauspieler aus den USA. Sein Name sagte ihr nichts, denn für Filme interessierte sie sich auch nicht mehr. Während der Zeit in der Bar – mein Gott, wie lange war das her? - war sie wenigstens ab und zu ins Kino gegangen, und zwar immer dann, wenn ein Krimi lief. Aber weder in Indien noch in Berlin hatte sie jemals ein Filmtheater besucht. Sie las die Bildunterschrift und den Hinweis, dass auf Seite 34 ein weiterer Bericht über Jose Luis zu finden sei. Sie blätterte zur angegebenen Seite und fand dort einen Bericht und weitere Bilder. Sie überflog den Artikel und vergaß den Tee. Dort stand, dass Jose Luis, der vor einigen Jahren rein zufällig seine Tochter gefunden hatte, mit eben dieser und deren Ehemann sowie mit seiner Frau nach Deutschland gekommen war, um nach Angehörigen der leiblichen Mutter seiner Tochter Elena zu suchen. Sie las den Artikel ganz und Schweiß brach ihr aus allen Poren. Der Ort, den er in Deutschland aufgesucht hatte, war Heilberg.

Sie ließ sich auf einen Stuhl fallen und nahm sich den Stapel der Illustrierten vor. Fieberhaft suchte sie in den anderen Blättern nach entsprechenden Artikeln und fand tatsächlich noch ein weiteres Blatt, das ebenfalls von der Reise berichtete, jedoch war der Mittelpunkt der Berichterstattung nicht Jose Luis, sondern seine schöne Tochter Elena.

Angelika starrte auf das Bild, das die junge Frau in Großaufnahme zeigte und glaubte, die Sinne würden ihr schwinden. Diese Schauspielerin – Elena Garcia – war ihre Tochter. Darüber bestand kein Zweifel, wenn auch ihr Vater – der sich jetzt Jose Luis nannte – ihr unter dem Namen Eduardo bekannt war. Sie erinnerte sich noch gut an die Zeit in Heilberg, den Wanderzirkus, die Nächte in Eduardos Wohnwagen und an die Geburt des Kindes, das sie von ihm bekam, als er längst mit seiner Truppe weiter gezogen war. Sie starrte die Bilder an und war unfähig, irgendetwas zu tun. Immer wieder las sie den Text und erst als ihr vor Müdigkeit die Buchstaben vor den Augen verschwammen, wankte sie in Bett.

Kapitel 27

Angelikas 50. Geburtstag – in Wirklichkeit war sie bereits 52 Jahre – war von ihr ignoriert worden. Sie hatte lediglich mit ein paar Freunden in einem von ihr öfter aufgesuchten Lokal gegessen, jedoch ohne den Grund für diese Einladung zu nennen. Im Jahr darauf fand der schulische Abschluss von Robert statt. Zu der diesbezüglichen Feier hatte Robert sie eingeladen, und obwohl sie sich vor den Strapazen der Reise fürchtete, hatte sie zugesagt zu kommen. Vielleicht war das auch eine gute Gelegenheit, Collin persönlich über ihre Pläne bezüglich ihres Geschäfts in Kenntnis zu setzen. Außerdem hatte sie Robert – seit er seine Ferien in Sommercamps verbrachte – kaum noch gesehen. Sie telefonierten gelegentlich, und jedes Jahr schickte Robert ihr ein aktuelles Foto, das ihn entweder im Kreis seiner Mitschüler oder mit seinem Freund Sam zeigte. Er war ihr fremd geworden und sie ihm vermutlich auch.

Robert hatte sich in den ersten Wochen im Internat gar nicht wohl gefühlt. Die ungewohnte Kleidung, die strengen Regeln, das Wetter, die Ernährung: alles war so anders, als das Leben, das er bisher gewohnt war. Das Zimmer teilte er sich mit zwei anderen Jungen, die ihn, nachdem die erste Neugier gewichen war, links liegen ließen. Sie tuschelten viel und er merkte schnell, dass er der Außenseiter war. So verblasste sein strahlendes Lächeln von Tag zu

Tag mehr. Auch musste er sich anstrengen, den Lernstoff aufzuholen, denn in vielen Fächern konnte er noch nicht mithalten. Einzig in Sport und Biologie waren seine Leistungen gut. Auf dem Schulhof in den Pausen stand er häufig allein, bis eines Tages ein rothaariger Junge, der Augen von unterschiedlicher Farbe hatte, und deswegen von den anderen Kindern „Bico" - abgewandelt von Bi-Color – gerufen wurde, ihn ansprach. Er hieß Sam und war der Nachzügler in seiner Familie. Sein Vater hatte irgendetwas mit Computern zu tun, und seine Geschwister waren bereits erwachsen. Auch er fand nur schwer Anschluss in der Gemeinschaft, was daran lag, dass er überdurchschnittlich gute Leistungen erbrachte und deswegen für einen Streber gehalten wurde.

Als Collin Robert besuchte, bat dieser ihn, dafür zu sorgen, dass er ein Zimmer mit Sam teilen konnte. Nach einigem Hin und Her willigte der Leiter des Hauses ein. Von da an fühlte sich Robert nicht mehr so verlassen. Zudem setzte Sam alles daran, ihn leistungsmäßig auf den aktuellen Stand zu bringen.

Am Ende des ersten Internatsjahres entsprachen Roberts Leistungen dem Durchschnitt, nach dem zweiten Jahr gehörte er bereits zu den besten 10 seines Jahrgangs. Viel wichtiger für ihn war jedoch, dass er einen Freund gefunden hatte. Der Verlust von Mano, den er nur schwer verarbeitet hatte, ließ sich dadurch ein wenig besser ertragen. Dazu kam, dass sein

Vater, Collin, in der Zwischenzeit verheiratet war und Robert die neue Frau genau so wenig mochte wie sie ihn.

Collin hatte seine Besuche im Internat mehr und mehr reduziert und Robert beim letzten Mal erzählt, dass er bald ein Geschwisterchen bekommen würde. Robert hatte gelächelt und „fein" gesagt, aber das entsprach nicht seinen wahren Gefühlen. Sam, mit dem er sich darüber unterhielt, sagte ihm knallhart: „Dann hat dein Vater noch weniger Zeit für dich. Und deine Mutter ruft ja auch nicht allzu oft an. Da müssen wir eben sehen, wie wir ohne unsere Eltern auskommen." Sams Eltern riefen zwar regelmäßig an, aber die Gespräche beschränkten sich darauf, nach seinen Leistungen zu fragen und ihn zu ermahnen, ja nicht negativ aufzufallen.

Robert verbrachte anfangs die Ferien wechselweise bei Collin oder bei seiner Mutter, aber er fühlte sich hier wie dort im Wege. Niemand hatte wirkliches Interesse an ihm, und so waren er und Sam immer froh, wenn die Schule wieder begann. Im vierten Jahr fragte Sam: „Hat dein Vater genug Geld, um dich in ein Sommercamp zu schicken?" Robert nickte: „Ich denke schon."

„Ok, dann fragen wir, ob wir die Sommerferien in einem Camp verbringen dürfen." Von diesem Zeitpunkt an verbrachten die Jungen nur noch Ostern und Weihnachten bei ihren Familien, in den großen Ferien jedoch fuhren sie ins Sommer-Camp. Robert und Sam waren unzertrennlich, und obwohl sie mittlerweile auch guten Kontakt zu einigen der anderen Schüler hatten, blieben sie beste Freunde. Das änderte sich auch nicht, als aus den Mädchen, die sie im Sommercamp kennen lernten, die ersten schüchternen Flirts wurden. Während Robert hellhaarige, blasshäutige Mädchen anschwärmte, umwarb Sam die Dunkelhaarigen.

Im letzten Jahr vor dem High-School-Abschluss stellte sich ihnen die Frage, an welcher Universität sie ihr Studium aufnehmen sollten. Sam wollte in die USA und dort Computerwissenschaften und Informatik studieren. Robert, der daran gedacht hatte, sich der Finanzwirtschaft zu widmen, wurde von Collin mit der Nachricht überrascht, dass er sich darauf vorbereiten solle, später das Geschäft zu übernehmen. Seine kleine Halbschwester bekam bereits seit ihrem vierten Lebensjahr Ballettunterricht und wollte später Tänzerin werden. Das entsprach auch dem Wunsch ihrer Mutter. Also willigte Robert ein, Betriebswirtschaft mit Schwerpunkt Außenhandel und Marketing zu studieren. Auch er wollte für ein paar Jahre in die USA. Collin stimmte dem zu. Als Robert dies in einem Telefonat seiner Mutter mitteilte, sagte Angelika nur: „Warum nicht?"

Bei der Abschlussfeier traf Angelika Collin wieder. Sie und er hatten sich in den letzten Jahren nicht mehr gesehen. Angelika fiel auf, das Collin zugenommen hatte und sein Haar sich lichtete. Collin, der ohne seine Frau an der Feier teilnahm, betrachtete Angelika während der Ansprachen und stellte fest, dass sie alt geworden war. Ihr Haar war von grauen Strähnen durchzogen, ihre Gestalt war noch schlank wie ehedem, aber in ihr Gesicht hatten sich viele Falten gegraben. Am meisten jedoch erschreckte ihn der Ausdruck ihrer Augen. In ihnen war das Feuer erloschen. Sie wirkten verwaschen.

„Wie geht es dir?" fragte er, nachdem der offizielle Teil beendet war.

„Gut. Danke. Du kennst doch meine Umsätze."

„Ich dachte weniger an deinen geschäftlichen Erfolg. Lebst du mit jemandem?" fragte er direkt.

„Nein, ich lebe allein, und das soll auch so bleiben."

„Höre ich da Verbitterung aus deinen Worten?"

„Wiederum nein. Ich will nur keine Beziehung mehr. Anfangs hat es ein paar unbedeutende Affären gegeben, aber jetzt ist das Thema für mich durch. Und ob du es glaubst oder nicht, ich fühle mich wohl dabei. Und wie geht es dir?" stellte Angelika die Gegenfrage. „Mir scheint, die Ehe bekommt dir. Du hast zugenommen."

Collin strich sich über die Rundung in seiner Körpermitte. „Tja, das lässt sich nicht leugnen. Und ich bin zufrieden mit meinem Leben, sowohl geschäftlich, als auch privat."

„Ich werde nächstes Jahr 56" fuhr er fort. „Wenn Robert sein Studium zügig beendet, bin ich 60 Jahre. Dann kann ich ihm noch zwei oder drei

Jahre mit Rat und Tat zur Seite stehen, bevor ich mich ganz zurückziehe. Das Unternehmen ist kontinuierlich gewachsen und wirft für uns alle genug ab. Wie lange willst du noch arbeiten, hast du dir schon einmal diesbezügliche Gedanken gemacht?"

„Ja. Und darüber würde ich gerne mit dir sprechen. Vielleicht ergibt sich dazu die Gelegenheit."

Sie gingen Robert entgegen, der freudig seine Abschlussurkunde schwenkte. Sie umarmten und beglückwünschten ihn, machten noch ein wenig small-talk, begrüßten seinen Freund Sam und dessen Eltern, die sich beide auf Gehstöcke stützten, und die begleitende Schwester von Sam. Sie verließen das Schulgelände und gingen in das Restaurant, in dem die inoffizielle Feier stattfinden sollte. Während des Essens teilte Robert seinen Eltern mit, dass er gerne schon bald in die USA reisen wolle, um das Land per Bus als Rucksacktourist kennen zu lernen. Sam werde ihn begleiten. Nach Ende der Ferien würden dann beide ihr Studium aufnehmen, da sie Zusagen derselben Universität hatten.

„Und was ist mit der kleinen Blonden, die du mir vor ein paar Monaten vorgestellt hast?" fragte Collin.

„Cheryl meinst du? Das war nichts Ernstes. Und ich denke, auch in den USA gibt es nette Mädchen" scherzte Robert.

Während Robert mit Sam und dessen Familie über ihre weiteren Pläne sprach, gingen Collin und Angelika ins Foyer. Bei einer Zigarette und einer Tasse Tee teilte ihm Angelika mit, dass sie sich langsam aus dem Geschäft zurückziehen wolle. Noch eine Zeit lang werde sie halbe Tage arbeiten und dann ganz aufhören. Sie erzählte von Shany und Trixie, und Collin hörte ihr aufmerksam zu.

„Weißt du" sagte er „wenn die Beiden andere, eigene Bezugsquellen nutzen wollen, ist mir das Recht. Wir haben in den letzten Jahren nicht nur expandiert, sondern auch unsere Importe grundlegend geändert. Wir beziehen hauptsächlich indischen Stahl. Lediglich Seide kaufen wir noch von unseren alten Lieferanten. Deine Waren sind sozusagen Beipack."

„Ich verstehe", sagte Angelika. „Eine Bestellung würde ich aber noch gerne aufgeben, die Listen habe ich bei mir. Danach gehen wir auch geschäftlich getrennte Wege. Ist es das, was du möchtest?"

Collin nickte. Danach schwiegen beide. Sie tranken ihren Tee aus und suchten Robert.

Als sich die drei wenig später trennten, waren insgeheim alle froh darüber, dass sie wieder ihrer Wege gehen konnten. Es war so anstrengend, sich mit Menschen zu unterhalten, denen man nichts mehr zu sagen hatte.

Kapitel 28

Angelika tat die notwendigen Schritte, um ihr Geschäft zu veräußern. Karl und Putti, mit denen sie ihre Pläne besprochen hatte, erzählten ihr, dass auch sie die Kneipe aufgeben würden.

„Ich denke, wir mieten eure Räume, sie sind größer als die meinen, und vor allen Dingen könnte Trixie dort, wo jetzt eure Küche ist, ihre Praxis einrichten" eröffnete Angelika den Beiden.

Nach einigen weiteren Gesprächen und nach Konsultation der Bank und eines Notars war es dann soweit. Angelika bezog das Ladenlokal auf der anderen Straßenseite, tatkräftig unterstützt von Shany und Trixie, die ihr Glück, eine eigene kleine Heilpraktiker-Praxis zu bekommen, kaum fassen konnte. Angelika war mit einem Verkauf auf Rentenbasis einverstanden. So konnte die jungen Leute die Summe für die Übernahme der Ware aufbringen, und Angelika hatte für die nächsten 15 Jahre ein zusätzliches monatliches Einkommen, mit dem sie zufrieden war. Sie war im letzten Jahr in eine kleinere Wohnung, nur drei U-Bahn-Haltestellen vom Geschäft entfernt gezogen. Sie brauchte nicht viel. Miete, Strom, Telefon und Wasser bezahlte sie von dem, was sie in den letzten 10 Jahren zurückgelegt hatte, und was sie zum Leben brauchte erhielt sie durch den Verkauf. An den Freitagen und Samstagen arbeitete sie auf Stundenbasis, und die übrige Zeit verbrachte sie vorwiegend zu Hause. Wenn das Wetter es zuließ, ging sie in den grünen Bereichen der Stadt spazieren. Kam sie dann nach Hause, war sie meistens so müde, dass sie früh zu Bett ging. Während der kalten und nassen Tage des Jahres saß sie zu Hause und las.

Shany und Trixie heirateten im Juni des Jahres 1983. Zum Polterabend kamen all die alten Nachbarn zusammen, Karl und Putti, die Hutmacherin, Gilla vom Frisörsalon und noch ein halbes Dutzend Leute, die Angelika noch aus ihren Anfangszeigen kannten. Gilla sprach das aus, was die anderen nur dachten: „Sag mal, Angelika, isst du überhaupt nichts mehr? Du bist ja klapperdürr."

Angelika versuchte ein Lächeln. „Ach, aus Essen habe ich mir noch nie viel gemacht."

„Dann solltest du jetzt damit anfangen. Du bist doch nicht krank, oder?"

Angelika schüttelte den Kopf. „Nein, alles bestens. Mir geht es gut. Mach dir keine Gedanken."

Gilla insistierte nicht weiter, fand aber, dass Angelika noch nie so schlecht ausgesehen hatte.

Als Trixie knapp zwei Jahre später einem gesunden Jungen das Leben schenkte, arbeitete Angelika vier Wochen ganztägig, damit sich die junge Familie an die neuen Aufgaben gewöhnen konnte. Das Geschäft lief hervorragend. Die neue Kollektion bestand aus wunderschönen Seidentüchern, Schals, Kosmetiketuis, Bett- und

Tischwäsche und Seidenblumen, die täuschend echt aussahen, und aus phantastischem Modeschmuck. Duftöle und -kerzen, Pflegeprodukte auf Naturbasis und aromatisches Räucherwerk verkaufte Trixie in ihrer Praxis, die jedoch derzeit geschlossen blieb.

Nach den vier Wochen war Angelika am Ende mit ihren Kräften. Als Robert, nach Beendigung seines Studiums – das er mit Bravour abgeschlossen hatte, seine Mutter besuchte, hatte sie sich zwar schon wieder ein wenig erholt, erschien ihm aber viel älter, als sie es an Jahren war. Er bestand darauf, dass sie zusammen aßen, bevor er in seine nahe gelegene Pension zum Schlafen fuhr. Auf seine Fragen, ob sie krank sei, antwortete sie: „Mach dir keine Gedanken, alles ist in Ordnung." Und obwohl der ihren Worten keinen Glauben schenkte, sah er keine Möglichkeit, Näheres in Erfahrung zu bringen.

Wieder in England sprach er mit seinem Vater darüber, aber auch der konnte ihm nicht helfen. „Wenn deine Mutter nicht reden will, dann lass es dabei bewenden" war alles, was er zu diesem Thema zu sagen hatte.

Für Robert hieß es nun, das Gelernte in der Praxis umzusetzen. Zusammen mit Collin arbeitete er einen Fünfjahresplan aus, gab Impulse für ein besseres Marketing und saß oftmals bis Mitternacht über den Büchern, las die Geschäftskorrespondenz, und pflegte die Daten in den neu angeschafften Computer ein. Sam, war ihm immer dann behilflich, wenn er mit seinem Latein am Ende war, und nach einem Jahr konnte er mit Fug und Recht behaupten, dass er die Geschäftsabläufe dank der neuen Medien nicht nur effektiver sondern auch darstellbar gestaltet hatte. Collin überließ Robert diesen Teil des Geschäftes und beschränkte sich auf die Kontakte mit Kunden und Lieferanten, wobei er nie vergaß darauf hinzuweisen, dass Robert in Kürze die geschäftlichen Entscheidungen treffen werde.

Zu Roberts 28. Geburtstag überraschte Collin ihn mit der Nachricht, dass er von nun an nur noch im Hintergrund zu agieren gedenke, und Robert die Verantwortung für die geschäftlichen Entscheidungen zu tragen habe. Selbstverständlich werde er ihm – sofern er es wünschte – mit Rat und Tat zur Seite stehen.

Bei einem Telefonat mit Angelika erzählte Robert ihr, dass er jetzt der „Chef" sei und Angelika, die erst ein wenig abwesend schien, entgegnete:

„Dann war meine Entscheidung, dich bei Collin zu lassen, doch die richtige." Zu seiner großen Verwunderung fügte sie hinzu. „Ich wusste immer, dass meine Kinder ohne mich eine bessere Chance haben."

„Wie meinst du das, und von welchen Kindern sprichst du?" fragte Robert zurück. Aber Angelika sandte nur ein kleines Lachen durch den Hörer und antwortete: „Ach nichts weiter, ich habe nur laut gedacht. Jedenfalls gratuliere ich dir zu deinem Erfolg." Dann beendete sie das Gespräch und ließ Robert am anderen Ende der Leitung verwirrt zurück.

Es vergingen fast zwei Jahre, in denen Robert zwar mit seiner Mutter telefonierte, sie aber nicht besuchte. Er hatte es sich zur Gewohnheit gemacht, jeweils am ersten Sonntag im Monat mit ihr zu telefonieren. Bei einem dieser Anrufe stellte er fest, dass sie offensichtlich nicht zu Hause zu sein schien. Er versuchte es am folgenden Tag erneut, aber wieder ging niemand an den Apparat. Als auch in den nächsten Tagen keine Verbindung zustande kam, befiel ihn die Sorge, Angelika könne etwas zugestoßen sein. Schon überlegte er, ob er nach Deutschland reisen sollte, als er einen Anruf aus der Charité bekam. Ein Arzt, der sich als Dr. Brandstetter vorstellte, bat ihn, nach Berlin zu kommen, da es seiner Mutter gesundheitlich nicht gut gehe. Robert versprach, den nächsten möglichen Flug zu nehmen.

Kapitel 29

Die erste Schwester, der Robert auf dem langen Gang begegnete, war rund und sehr blond. Ihr Gesicht war rosig und sah einigermaßen freundlich aus. Auf ihrem Namensschild stand „Schwester Josefa".

„Entschuldigung, ich suche Frau Ostrowski" sagte er.

„Sind Sie der Sohn?" fragte Schwester Josefa. Robert nickte. „Dann kommen Sie mal mit ins Ärztezimmer." Sie ging vor ihm her zu einem Raum auf der Mitte des Ganges, öffnete die Tür und ließ ihn eintreten. Sie selbst blieb draußen, rief jedoch in den Raum in dem eine weitere Schwester und ein Mann im weißen Kittel – vermutlich der Stationsarzt – stand:

„Das ist der Sohn von Frau Ostrowski." Dann verschwand sie. Der Mann gab ihm die Hand und stellte sich als Dr. Brandstetter vor. Er wies auf einen Stuhl und gab der Schwester im Raum mit den Augen ein Zeichen, sie allein zu lassen.

„Wir haben sie schon sehnlichst erwartet" sagte er. „Ihrer Mutter geht es leider gar nicht gut. Wir glauben, dass nur der Wunsch Sie zu sehen sie noch am Leben erhält."

Robert nickte stumm. Der Anruf, den er vor zwei Tagen erhalten hatte, ließ schon vermuten, dass die Situation ernst war.

„Sehen Sie" sagte Dr. Brandstetter „Ihre Mutter ist ja noch nicht wirklich alt. Das Problem ist die

Leber. Sie funktioniert trotz aller Medikamente, die wir ihr geben, so gut wie gar nicht mehr – und ich denke, Sie wissen, was das bedeutet."

Wieder nickte Robert.

„Nach unseren Untersuchungsergebnissen leidet Ihre Mutter an einer chronischen Hepatitis B. Sie sagt, sie habe sie sich in Indien zugezogen. Stimmt das?"

„Ja", sagte Robert „das war vor mehr als 20 Jahren. Ich war damals noch ein kleiner Junge. Mein Pflegevater hatte sich auch infiziert und ist daran gestorben. Da meine Mutter wieder genesen ist, hat sie wohl angenommen, sie sei geheilt."

„Dem war leider nicht so. Es tut mir leid, Ihnen sagen zu müssen, dass wir unsere Möglichkeiten ausgeschöpft haben. Außerdem scheint ihre Mutter zunehmend verwirrt. Sie hat eine Illustrierte, von der sie sich nicht trennt. Darin sind Bilder einer Schauspielerin, von der sie behauptet, es sei ihre Tochter. Das ist auch der Grund, weshalb sie Sie so dringend sprechen möchte. Ich bringe sie jetzt zu ihr. Sie müssen sich mit Schutzkleidung versehen." Als der den irritierten Blick von Robert wahrnahm fügte er hinzu: „Es dient dem Schutz der Patientin. Selbst eine leichte Erkältung wäre für sie eine Katastrophe."

Schweigend folgte Robert dem Arzt in einen Raum, in dem Kittel, Mundschutz, Handschuhe und dergleichen hingen und legte die ihm zugewiesen Schutzkleidung an. Dann betraten sie das Zimmer, in dem seine Mutter lag. Sie war in dem weißen Bett kaum zu erkennen, so klein und dünn erschien sie ihm. Dr. Brandstetter, ebenfalls in Schutzkleidung, trat an das Bett:

„Na, Frau Ostrowski" sagte er „wie geht es denn? Ihr Sohn ist da, auf den Sie so lange gewartet haben."

Angelika öffnete die Augen und hob den Kopf ein wenig. Ein müdes Lächeln spielte um ihre eingefallenen Züge.

„Robert" sagte sie „wie schön, dass du da bist. Ich hatte solche Angst, du kämst zu spät. Ich muss dir etwas Wichtiges sagen."

Dr. Brandstetter nahm aus der Schale, die er mitgebracht hatte, eine Spritze und verabreichte sie Angelika.

„Ein Präparat zur allgemeinen Stärkung" sagte er zu Robert. Dann verließ er den Raum.

Robert setzte sich auf den Stuhl neben dem Bett. Er versuchte ein Lächeln. Obwohl er entsetzt war über das Aussehen seiner Mutter, sagte er betont fröhlich:

„Na, dann schieß mal los! Was willst du mir denn erzählen?"

Angelika sah in eine Weile an. Dann sagte sie: „Was ich dir sage, wird dich schockieren. Aber du musst es wissen. Also hör mir bitte gut zu."

„Ich bin auf Sumatra geboren und mit sechs Jahren nach Deutschland gekommen. Während des

Krieges haben meine Eltern in Augsburg gelebt. Nach dem Krieg, als die Besatzer kamen, haben mich meine Eltern zu Verwandten geschickt. Denen bin ich weggelaufen und habe danach erst in Nordrhein-Westfalen, dann wieder in Bayern gelebt, in einer Waldhütte, die einer Frau, die ich Fee nannte, gehörte. Und dann kam ein Zirkus in das Dorf. Der Kunstreiter war ein junger Spanier, und wir verliebten uns heftig ineinander. Kurz nachdem sie weitergezogen waren merkte ich, dass ich schwanger war. Das Baby war ein Mädchen. Ich nannte es Elena, nach der Großmutter des Mannes, an der er sehr hing und von der er mir viel erzählt hatte."

Sie schwieg und Robert dachte, sie sei eingeschlafen. Aber da schlug sie wieder die Augen auf, in denen jetzt Tränen standen.

Nach einer kleinen Weile fuhr Angelika fort.

„Ich gab das Kind ab und begann ein neues Leben. Einzelheiten erspare ich dir. Schließlich fand ich Arbeit bei einem Geschäftsmann in Urdenbach. Dort schloss mich der Theatergruppe an, in der auch Mano spielte. Bei einer Aufführung war Collin unter den Zuschauern und wir beschlossen, zusammen nach Indien zu gehen. Den Rest kennst du."

Wieder schwieg sie und Robert warf ein. „Weißt du denn, was aus dem Mädchen, der Elena, geworden ist?"

Angelika nickte. „Ja, ich weiß was aus Elena geworden ist. Nimm die Zeitschrift aus der

197

Schublade. Dort ist ein großer Bericht über sie. Sie ist von einem Ehepaar in der Schweiz adoptiert worden und hat durch Zufall ihren Vater gefunden. Alles Weitere steht in dem Blatt. Auch dass sie Angehörige ihrer Mutter in Heilberg gesucht haben. Und im Wald bei Heilberg stand die Waldhütte, in der ich gelebt habe. Elenas Vater ist ein bekannter Schauspieler geworden, und Elena ist ebenfalls das, was man einen Star nennt."

Jetzt ergriff sie mit ihrer schlaffen Hand Roberts Rechte und sah ihn eindringlich an.

„Bitte, suche und finde deine Schwester. Es ist der letzte Wunsch, den ich habe. Ihr Vater nannte sich damals, als ich ihn kennenlernte, Eduardo Tadeo de Castillon und mich kannte er unter dem Namen Makuahine. Vergiss es nicht, schreib es dir auf."

Robert nahm folgsam sein Notizbuch aus der Jacke und notierte die beiden Namen. Dann griff er zu der Illustrierten. Angelika schüttelte den Kopf. „Die kannst du später lesen" sagte sie mit leiser werdender Stimme. „Wir haben nicht mehr viel Zeit. Ich weiß, dass es mit mir zu Ende geht. Wenn du kannst, urteile nicht zu hart über mich. Alles, was ich getan habe, kann ich nicht mehr rückgängig machen. Es sollte wohl so sein. Pass auf dich auf und vergiss mich nicht - und bitte, finde deine Schwester."

Die Augen, mit denen sie ihn ansah, waren riesig und glänzten fiebrig. Robert sah die Schatten des Todes, die sich langsam auf ihr Gesicht legten und drückte ihre Hand. „Mutter" sagte er unter Tränen, „Mutter....."'.Da bemerkte er, dass sie ihn nicht mehr hören konnte.

Er wischte mit dem Ärmel über sein Gesicht, nahm die Zeitschrift, steckte sie in seine Tasche, ging zur Tür und klingelte nach dem Arzt.

Kapitel 30

Zur Urnenbeisetzung war Collin allein angereist, Frau und Tochter waren erwartungsgemäß nicht mitgekommen. Es waren nur wenige Trauergäste anwesend. Nach der kurzen Zeremonie fuhren Vater und Sohn zurück in die Stadt. Robert sagte:

„Kannst du ein paar Tage auf mich verzichten? Ich habe noch etwas zu erledigen."

„Sicher, kein Problem, aber was ist denn noch zu tun? Angelikas persönliche Sachen hast du doch bereits aus der Wohnung geholt."

„Ich möchte ihren letzten Wunsch erfüllen. Dazu muss ich möglicherweise in die USA."

In Collins Blick stand ein großes Fragezeichen.

„Willst du mir nicht sagen, was du vor hast zu tun?"

„Tut mir leid, Vater, ich bin mir selbst noch nicht im Klaren, was genau ich tun muss. Vertrau mir einfach, und gib mir die nötige Zeit."

Collin nickte. „Macht zur Abwechslung bestimmt Spaß, mal wieder für ein paar Tage der Boss zu sein" witzelte er. „Komm Junge, lass uns etwas trinken. Ich nehme den Abendflieger nach Hause."

Nachdem Collin abgereist war, nahm sich Robert noch einmal die zerfledderte Illustrierte vor. Sie war von Oktober 1980. Wie lange war sie schon in Angelikas Besitz? Auf den Bildern war eine wunderschöne junge Frau zu sehen, die er, wie er sich erinnerte, zwischenzeitlich mehrmals in Filmen gesehen hatte. Und das sollte seine Schwester sein? Es erschien ihm aberwitzig, das zu glauben. Und ihr Vater, der nicht weniger bekannte Schauspieler Jose Luis, sollte in jungen Jahren eine Affäre mit seiner Mutter gehabt haben? Nein, das waren die Phantasien einer todkranken Frau, mehr nicht. Er studierte zum wiederholten Male den Text, fand aber nirgendwo einen Hinweis auf die beiden Namen, die ihm seine Mutter genannt hatte. Falls es ihm gelang, Vater oder Tochter zu erreichen, konnten nur diese beiden Namen der Schlüssel sein. Alles andere könnte seine Mutter in dieser oder anderen Zeitschriften gelesen haben. Sollte er wirklich den Versuch starten, auch auf das Risiko hin, sich unmöglich zu machen? Seine britische Erziehung diktierte ihm Zurückhaltung, sein Gewissen plädierte dafür, den letzten Wunsch seiner Mutter zu erfüllen.

Kurz entschlossen griff er zum Telefon. Er wählte die Nummer von Sam, der – wie er wusste – nicht nur über einen Computer der neuesten Generation verfügte, sondern auch über beste Verbindungen in die Staaten. Nach dem fünften Klingeln nahm Sam ab.

Robert fragte ihn, ob er herausfinden könne, mit welcher Agentur Elena Garcia arbeitete. Sam lachte.

„Die Lady ist zwar immer noch bildschön, aber ich glaube, für dich ist sie schon ein wenig zu alt" frotzelte er. Robert ging nicht auf den Scherz ein, sondern betonte, dass es dringlich sei. Sam versprach, ihn anzurufen, sobald er die Adresse und Telefon-Nummer der Agentur ausfindig gemacht hätte. Dann fragte er: „Wo bist du gerade?"

„In Deutschland. Wir haben heute meine Mutter beigesetzt."

„Oh, tut mir leid, alter Junge. Kann ich etwas für dich tun?"

„Ja, beschaff mir die Adresse."

Danach beendeten sie das Gespräch. Robert ging noch einmal hinunter in die Bar und bestellte sich einen großen Whisky. Er nahm ihn mit auf's Zimmer und überlegte, wie er vorgehen würde. Hatte er die Adresse der Agentur, musste er einen Weg finden, mit Elena in Kontakt zu treten – oder noch besser, mit ihrem Vater. Lebte der überhaupt noch? Die Zeitung war 12 Jahre alt.

Das Telefon klingelte. Sam war am anderen Ende.

„Hey, das war leicht" sagte er. „Elena Garcia wird von ihrem Vater gemanagt. Es ist der Altstar Jose Luis. Die Firma heißt Castardo und sitzt in Palo Alto. Die Telefon-Nummer ist......"

Robert bedankte sich, legte auf und rechnete schnell nach, wie spät es jetzt in Kalifornien war. Kurz entschlossen wählte er die ihm übermittelte Nummer. Eine Frauenstimme meldete sich in geschäftsmäßigem Ton. Robert nannte seinen Namen und sagte, er müsse dringend Jose Luis sprechen. Auf die Frage, in welcher Angelegenheit, antwortete Robert:

„Es ist privat."

„Ich bedauere" sagte die Stimme, „Jose Luis ist nicht hier."

Robert ließ nicht locker. „Können Sie ihn vielleicht erreichen. Es ist wirklich dringend. Und sagen Sie ihm, ich hätte Nachricht von Makuahine."

„Von wem, bitte?"

„Von Makuahine".

„Wie schreibt sich das?"

Robert buchstabierte, in der Hoffnung, dass er sich den Namen richtig notiert hatte und gab seine Telefon-Nummer an. Er fügte hinzu. „Ich rufe aus Deutschland an."

Dann legte er auf. Jetzt hieß es warten. Er schaltete den Fernseher ein und hört mit halbem Ohr auf das Geplapper einer Talkshow, dann zappte er weiter, bis er zu einer Nachrichtensendung kam. Gerade, als der Sprecher das Wetter des nächsten Tages verkündete, läutete das Telefon.

„Eine sonore Stimme sagte: „Hier spricht Jose Luis. Sie haben eine Nachricht für mich?"

Robert stotterte: „Ja, von meiner Mutter. Sie sagt, sie kannte Sie. Ihr Name war Makuahine und der Ihre Eduardo Tadeo de Castillon."

Am anderen Ende der Leitung war nur ein leises Rauschen zu vernehmen.

„Hallo, sind Sie noch da?"

„Ja. Und wer bitte sind Sie?"

„Robert Suttcliffe. Meine Mutter hat mich auf dem Sterbebett gebeten, mit Ihnen und Ihrer Tochter Kontakt aufzunehmen."

„Oh, sie lebt also nicht mehr?"

„Nein, wir haben sie heute beerdigt."

„Mein Beileid. Und Sie rufen aus Deutschland an?"

„Richtig."

„Können Sie beweisen, dass die Frau, die sich Makuahine nannte, Ihre Mutter ist?"

„Nun, in ihrem Pass steht ein anderer Name. Aber" – ihm fiel ein, dass unter den persönlichen Sachen seiner Mutter auch etliche Fotos waren, die sie als Frau im Alter von etwa 25 bis 30 Jahren zeigten – „ich habe Bilder von ihr, als sie jung war."

Wieder war nur Schweigen in der Leitung. Dann sagte Jose Luis: „Könnten Sie in die Staaten kommen?"

„Natürlich, wenn Sie mir die Möglichkeit geben, Sie und Ihre Tochter kennen zu lernen."

„Kommen Sie nach San Francisco und rufen Sie mich von dort aus an. Falls Ihre Angaben stimmen, werden Sie Elena treffen können."

„Geht in Ordnung. Vielen Dank. Bis dann."

Robert legte auf, sein Herz raste. Dann schien die Geschichte seiner Mutter ja doch zu stimmen. Was würde er sonst noch erfahren?

Noch einmal griff er zum Telefon und buchte einen Flug nach San Francisco. Dann legte er sich aufs Bett und verfolgte so lange das Fernsehprogramm, bis ihm die Augen zufielen.

Kapitel 31

Robert stand in seinem Hotelzimmer in San Francisco und wartete auf den Rückruf. Würde Elena sich melden, wie ihr Vater versprochen hatte? Ungeduldig lief er durch das Zimmer, blieb am Fenster stehen und sah auf den Verkehr, der sich elf Stockwerke unter ihm durch die Straßen wälzte. Und falls sie anrief, was sollte er ihr sagen?

Fast bedauerte er es, sich auf diese Geschichte eingelassen zu haben, aber letztlich hatte er es seiner Mutter versprochen. Und ein solches Versprechen musste gehalten werden. Wieder blickte er aus dem Fenster, dann auf seine Uhr. Die Minuten dehnten sich endlos, wie ihm schien. Er ging ins Bad und wusch sich das Gesicht, die Tür ließ er offen, damit er ja das Telefon hörte, falls es denn schellen sollte. Wieso hatte er die Hotel-Nummer genannt und nicht seinen Handyanschluss? Er hätte unten an der Bar etwas trinken können. Natürlich hatte das Zimmer eine Minibar. Aber es ging ja gar nicht um den Drink. An der Bar wäre er abgelenkt gewesen, so aber kam er sich wie in einem Gefängnis vor. Wieder ein Blick auf die Uhr.

„Sie ruft sie innerhalb der nächsten Stunde zurück" hatte ihr Vater gesagt. Es waren mittlerweile - schon oder erst? - fünfundzwanzig Minuten vergangen. Er ging zurück zum Bett, holte den Roman, den er während des Fluges gelesen hatte aus seinem Koffer und blätterte zu der Seite, die er zuletzt gelesen hatte. Er versuchte sich auf den Inhalt zu konzentrieren, aber es funktionierte nicht. Er warf das Buch achtlos auf den Nachttisch, stand wieder auf, ging zum Fenster, sah hinaus. Gerade als er beschloss, doch die Minibar zu plündern, schellte das Telefon. Mit zwei Schritten hatte er den Hörer in der Hand.

„Robert Suttcliffe" meldete er sich. Am anderen Ende war es still, dann sagte eine melodische Stimme: „Elena Garcia." Wieder Pause. „Danke für den Rückruf" sagte er lahm. Die Stimme am anderen Ende schnitt ihm das Wort ab.

„Mein Vater hat mir erzählt, worum es geht. Können wir uns treffen?"

„Ja, sicher, gern. Deswegen bin ich hier."

„Ich schicke Ihnen einen Wagen. Der Fahrer wird an der Rezeption nach Ihnen fragen. Und bitte vergessen Sie nicht die Bilder." Dann war das Gespräch zu Ende.

Robert überprüfte noch einmal den Sitz seines Sommeranzugs, nahm die Aktentasche und verließ das Zimmer. An der Bar in der Lobby bestellte er sich eine Coke. Er wollte nicht nach Alkohol riechen. Sollte er noch Blumen besorgen? Wie verhielt man sich, wenn man einen bekannten Filmstar traf? Er entschied sich, keine Blumen zu kaufen. Sollte sich das Treffen freundlich entwickeln, konnte er immer noch Blumen schicken. Er nippte an seinem Getränk und wartete. Nach 25 Minuten ging er in die Lobby und setzte sich in einen Sessel, der der

Rezeption am nächsten stand. Nach weiteren 10 Minuten wurde er wieder unruhig. Hatte sie es sich anders überlegt? Da hörte er seinen Namen. Ein junger dunkelhaariger Mann mit mexikanischen Zügen stand am Empfang und fragte nach ihm. Er stand auf und ging hinüber.

„Ich bin Robert Suttcliffe" sagte er. Der Fahrer nickte. „Folgen Sie mir bitte."

Vor der Tür stand ein cremefarbener Pontiac Bonneville. Der Fahrer hielt Robert die Tür auf, und Robert stieg ein.

Nach einer knappen halben Stunde erreichten Sie ein Tor, das sich automatisch öffnete, als der Wagen davor hielt. Der Fahrer lenkte den Pontiac bis vor die Freitreppe und öffnete Robert bereits die Wagentür, bevor dieser abgeschnallt war.

Kaum hatte Robert die erste Stufe erklommen, als sich das Portal öffnete und ein älterer Herr ihm entgegen kam. Er hatte noch volles Haar, das zwischen Grau und Weiß spielte, eine schlanke Gestalt, und er hielt sich sehr gerade, wodurch er Robert um einige Zentimeter überragte.

„Ich bin Jose Luis" sagte der Mann. „Treten Sie ein, und seien Sie willkommen."

Robert folgte ihm in eine kühle Halle.

„Bevor ich Sie mit meiner Tochter bekannt mache, würde ich gerne die Bilder sehen" sagte

Jose Luis. „Ich hoffe, Sie verstehen, dass ich auf Nummer sicher gehen möchte."

Die beiden Männer betraten einen Raum, der sowohl Arbeitszimmer als auch Bibliothek zu sein schien. Robert sah sich um, und steuerte auf einen runden Tisch zu, auf dem bis auf eine gut gefüllte Blumenvase nichts stand oder lag. Er öffnete seine Tasche, entnahm ihr ein Album, öffnete es und reichte es Jose Luis.

Schweigend blätterte Jose Luis durch die Seiten. Bei einigen Bildern, die Roberts Mutter allein zeigten, verhielt er ein wenig länger. Nachdem er das Album durchgesehen hatte, gab er es mit einem Lächeln Robert zurück.

„Kommen Sie mit auf die Terrasse, meine Frau und Elena warten auf Sie" sagte er.

Auf der Terrasse saßen zwei Frauen, die sich angeregt unterhielten, jedoch verstummten, als die beiden Männer zu ihnen traten. Jose Luis nickte der jüngeren Frau zu und sagte:

„Dies ist Robert Suttcliffe, dein Halbbruder." Dann wandte er sich an Robert. „Ich möchte Ihnen meine Frau Linda und meine Tochter Elena vorstellen." Robert gab beiden die Hand und musterte Elena, die – obwohl jenseits der Jugend – immer noch außergewöhnlich attraktiv aussah. Bevor sich seine Verlegenheit Bahn brechen konnte, umarmte ihn Elena und küsste ihn auf beide Wagen.

„Komm, setz dich" sagte sie freundlich und wies auf den Stuhl neben dem ihren.

„Wir machen Kaffee" sagte Jose Luis. „Ihr wollt euch sicher erst einmal beschnuppern." Damit verließ er mit Linda die Terrasse und ging zurück ins Haus.

Erst als der Kaffee in den Tassen dampfte und neben dem Gedeck der Männer ein gut gefülltes Whisky-Glas stand, erzählte Robert in Stichworten seine Lebensgeschichte. Er endete mit den letzten Stunden seiner Mutter und dem Versprechen, das er ihr gegeben hatte, obwohl er eigentlich nicht daran glaubte, dass das, was sie ihm erzählt hatte, der Wahrheit entsprach.

Elena hatte schweigend und aufmerksam zugehört. Jetzt sagte sie: „Darf ich auch die Bilder sehen? Ich möchte wissen, wie sie aussah."

Robert reichte ihr das Album und Elena blätterte es langsam durch.

„Als ich jünger war, habe ich mir sehnlichst gewünscht, ihr zu begegnen. Es war und ist für mich immer noch unfassbar, wie man seine drei Kinder einfach aussetzen kann. Ich hätte sie gerne gefragt, was sie dabei empfunden hat."

Robert sah sie irritiert an.

„Welche drei Kinder?" fragte er.

„Hat sie dir nicht erzählt, dass sie drei Töchter hatte, von denen ich die jüngste bin? Und jede von uns hatte einen anderen Vater."

„Das kann ich nicht glauben, das kann nicht wahr sein" sagte Robert erregt.

Jose Luis hob die Hand. „Darf ich einen Vorschlag machen?" fragte er mit einem Blick auf Robert, der blass geworden war, und auf dessen Stirn sich Schweißperlen bildeten. „Ich finde, wir sollten auf Roberts Gefühle Rücksicht nehmen. Schließlich hat er erst vor ein paar Tagen seine Mutter verloren. Robert, wie wäre es, wenn Sie einen Schluck von Ihrem Whisky trinken würden und erst einmal tief Luft holten?"

Automatisch tat Robert, was Jose Luis vorgeschlagen hatte. Als wieder etwas Farbe in sein Gesicht gekommen war, fuhr Jose Luis fort: „Was Elena gesagt hat, stimmt leider. Und der Zufall will es, dass sich Leonie – ihre älteste Halbschwester - mit Ihrem Mann zurzeit in Guatemala befindet. Wenn Sie ein paar Tage Zeit haben, können Sie auch sie kennen lernen. Elena wird versuchen, sie telefonisch zu erreichen. Dann können Sie gemeinsam die Bruchstücke Ihrer Lebensgeschichte zusammenfügen. Bis dahin lade ich Sie herzlich ein, unser Gast zu sein. Wenn Leonie und Gordon dann hierher kommen, fahren wir in Elenas Haus. Vielleicht möchten Sie ja auch ihre Nichte und Ihren Neffen kennen lernen. Was halten Sie davon?"

Rückblickend hätte Robert nicht mehr sagen können, wie und wann er wieder im Hotel angekommen war. Er erinnerte sich dunkel daran, dass er seine kaum ausgepackten Sachen wieder in seinem Koffer verstaute, die Rechnung bezahlte und von dem jungen Fahrer, der ihn abgeholt hatte zu Jose Luis gebracht wurde.

Dort war er nach einem weiteren steifen Whisky ins Gästebett gefallen und hatte traumlos bis zum nächsten Tag geschlafen. In den folgenden beiden Tagen zeigte Jose Luis ihm die wichtigsten Sehenswürdigkeiten, fuhr mit ihm zum Strand und verbrachte mit ihm und Linda entspannte Stunden auf der Terrasse des Hauses. Die beiden waren phantastische Gastgeber und verwöhnten Robert wie ein eigenes Kind. Und dann war es soweit. Das Telefon läutete und Linda kam mit dem Hörer zu Jose Luis, der gerade aus dem Pool stieg.

„Es ist Elena" sagte sie und klopfte Robert freundlich auf die Schulter.

Jose Luis nahm den Hörer in Empfang, sprach in schnellem Spanisch ein paar Sätze, drückte auf den Knopf „Gespräch beenden" und sagte zu Robert:

„Das Warten hat ein Ende. Wir fahren nach dem Mittagessen."

Elenas Haus stand dem von Jose Luis in nichts nach. Es war ebenfalls groß und elegant, und auf der Treppe standen neben Elena zwei Kinder im Teenageralter, eine asiatische Frau, ein Mann, der ebenfalls asiatische Züge aufwies und ein Mann mit eindeutig mexikanischen Wurzeln, von dem Robert bereits wusste, dass er Manuel Garcia hieß und Elenas Ehemann war.

Keiner der Anwesenden schien seine Unsicherheit zu spüren. Er wurde von allen herzlich begrüßt. Die asiatisch aussehende Frau musterte ihn einen Augenblick, dann umarmte sie ihn spontan und sagte: „Ich bin Leonie, deine andere Schwester."

Während der folgenden Stunden saßen die drei Geschwister im Garten, ungestört von den anderen, und erzählten ihre jeweiligen Geschichten. Leonie erzählte von Renate, die später Sylvia hieß, und die bereits verstorben war, so dass weder Elena noch er sie kennen lernen konnten. Aus den einzelnen Puzzlesteinen versuchten sie, ein Ganzes zu bilden. Dabei fragte sich ein jeder von ihnen, wie viele Identitäten ihre Mutter eigentlich gehabt hatte. Und bei all dem blieb eine Frage weiterhin ungeklärt: Was hatte Makuahine-Angelika bewogen, ihre drei Mädchen auf einer Bank auszusetzen? Robert fragte sich, ob die gleiche Motivation Ursache dafür war, dass ihn seine Mutter als Achtjährigen zu Collin geschickt hatte. Waren ihre Erkrankung und die bessere Schulbildung, die er bei seinem Vater erhielt, die einzigen Gründe? Oder war sie seiner überdrüssig gewesen? Eine eindeutige Antwort auf diese Frage würde er nicht mehr bekommen. Genau wie seine Schwestern würde ihn das große Fragezeichen ein Leben lang begleiten, und obwohl alle drei durch ihre neuen Familien zu Wohlstand und Erfolg gekommen waren, blieb ein Schmerz zurück, der nur ein wenig dadurch gemildert wurde, dass sie ihn teilten.

Kurz bevor das Abendessen aufgetragen wurde, das heute später als üblich stattfand, waren sie mit ihren Berichten zum Ende gelangt. Einzelheiten, die sich aus dem Gehörten ergaben, konnten zu einem späteren Zeitpunkt diskutiert werden.

„Was wirst du deinem Vater sagen?" fragte Elena. „Wirst du ihm erzählen, was du gehört hast?"

Robert atmete ein paarmal tief durch. Dann schüttelte er den Kopf. „Nein, ich glaube nicht, dass ich ihm Einzelheiten erzähle" antwortete er. „Es reicht, wenn er weiß, dass ich aus anderen Verbindungen meiner Mutter zwei Schwestern habe. Ich denke, das genügt. Er und meine Mutter hatten – wie ihr jetzt ja wisst - ihre eigene Geschichte."

„Aber wir drei" sage Leonie „dürfen uns nie wieder aus den Augen verlieren." Und auf Deutsch und mit einem schelmischen Lächeln fügte sie hinzu: „Und in Abwandlung eine Zitates des in Deutschland sehr bekannten Humoristen Loriot möchte ich euch sagen: *Ein Leben ohne Geschwister ist möglich, aber sinnlos."*

Danksagung

Viele Freunde haben mich auch bei diesem Buch wieder zum Weiterschreiben motiviert. Stellvertretend für all diese Menschen sei meiner Mutter Wilma Schleif gedankt, die mein erster und größter Fan ist.

Mein ganz besonderer Dank gilt aber Olaf Schmidt, der in seiner knappen Freizeit dankenswerter Weise den Rohentwurf des Romans gelesen und entsprechende Korrekturen vorgenommen hat.

www.tredition.de

Über tredition

Der tredition Verlag wurde 2006 in Hamburg gegründet. Seitdem hat tredition Hunderte von Büchern veröffentlicht. Autoren können in wenigen leichten Schritten print-Books, e-Books und audio-Books publizieren. Der Verlag hat das Ziel, die beste und fairste Veröffentlichungsmöglichkeit für Autoren zu bieten.

tredition wurde mit der Erkenntnis gegründet, dass nur etwa jedes 200. bei Verlagen eingereichte Manuskript veröffentlicht wird. Dabei hat jedes Buch seinen Markt, also seine Leser. tredition sorgt dafür, dass für jedes Buch die Leserschaft auch erreicht wird

Autoren können das einzigartige Literatur-Netzwerk von tredition nutzen. Hier bieten zahlreiche Literatur-Partner (das sind Lektoren, Übersetzer, Hörbuchsprecher und Illustratoren) ihre Dienstleistung an, um Manuskripte zu verbessern oder die Vielfalt zu erhöhen. Autoren vereinbaren unabhängig von tredition mit Literatur-Partnern die Konditionen ihrer Zusammenarbeit und können gemeinsam am Erfolg des Buches partizipieren.

Das gesamte Verlagsprogramm von tredition ist bei allen stationären Buchhandlungen und Online-Buchhändlern wie z. B. Amazon erhältlich. e-Books stehen bei den führenden Online-Portalen (z. B. iBookstore von Apple) zum Verkauf.

Seit 2009 bietet tredition sein Verlagskonzept auch als sogenanntes "White-Label" an. Das bedeutet, dass andere Personen oder Institutionen risikofrei und unkompliziert selbst zum Herausgeber von Büchern und Buchreihen unter eigener Marke werden können.

Mittlerweile zählen zahlreiche renommierte Unternehmen, Zeitschriften-, Zeitungs- und Buchverlage, Universitäten, Forschungseinrichtungen, Unternehmensberatungen zu den Kunden von tredition. Unter www.tredition-corporate.de bietet tredition vielfältige weitere Verlagsleistungen speziell für Geschäftskunden an.

tredition wurde mit mehreren Innovationspreisen ausgezeichnet, u. a. Webfuture Award und Innovationspreis der Buch-Digitale.

tredition ist Mitglied im Börsenverein des Deutschen Buchhandels.

FSC
www.fsc.org

MIX

Papier | Fördert
gute Waldnutzung

FSC® C083411

Zeitfracht Medien GmbH
Ferdinand-Jühlke-Straße 7
99095 Erfurt, Deutschland
produktsicherheit@kolibri360.de